한 번쯤, 남겨진 사람에 대해 이야기하고 싶었다

한 번쯤, 남겨진 사람에 대해 이야기하고 싶었다

1판 1쇄 인쇄 2018년 10월 8일
1판 1쇄 발행 2018년 10월 12일

지은이 안희주
발행처 수오서재
발행인 황은희, 장건태
책임편집 황은희
편집 최민화, 마선영
디자인 권미리
마케팅 이종문
제작 제이오
주소 경기도 파주시 회동길 337-16, 302호(10881)
등록 2014년 6월 16일(제396-2014-000115호)
전화 031)955-9790
팩스 031)955-9796
전자우편 info@suobooks.com
홈페이지 www.suobooks.com
ISBN 979-11-87498-36-0 03810 책값은 뒤표지에 있습니다.

이 도서의 국립중앙도서관 출판시도서목록(CIP)은 서지정보유통지원시스템 홈페이지
(http://seoji.nl.go.kr)와 국가자료공동목록시스템(http://www.nl.go.kr/kolisnet)에서
이용하실 수 있습니다.(CIP제어번호: CIP2018030092)

도서출판 수오서재守吾書齋는 내 마음의 중심을 지키는 책을 펴냅니다.

한 번쯤, 남겨진 사람에 대해 이야기하고 싶었다

안희주 지음

수오서재

내 슬픔에 관심을 기울이기로 했다

이제, 혼자가 됐다고 생각했다. 늘, 제자리를 걷는 것 같다고도 생각했다. 앞으로 앞으로 한참을 걸었는데도 눈앞에 늘 같은 이정표가 나타나듯 '혼자가 됐다'고 느낀 그 시간 주변을 맴도는 기분이었다.

이제 그만, 다른 곳으로 가고 싶어. 아냐, 아직은 가고 싶지 않아. 그래도 익숙한 이곳이 편하지. 언제까지 이렇게 살 거야. 겉은 그럭저럭 살아가는 것 같았으나 속은 난장판, 피 흘리는 싸움의 연속이었다.

이 이야기를 다 꺼내놓아야, 들끓던 속을 다 쏟아내야 무언가를 시작할 수 있을 것 같았다. 어딘가로 갈 수 있을 것 같았다.

나도 모르는 사이, 내 발목에 묶고 또 묶어놓은 매듭을 주저앉아 하나하나 푸는 심정으로 조금씩 글을 썼다. 길지 않은 손톱을 세워 요령 없이 매듭을 긁고 뜯고 밀고 살살 달래가며 실을 풀었다.

누구든 살기 위해 몸부림친다고 생각했다. 살아남기 위해, 남은 생을 이어가기 위해, 남겨진 몫을 감당하기 위해. 여기 모아놓은 글 또한 살아남기 위한, 남은 생을 이어가기 위한, 남겨진 몫을 감당하기 위한 한 사람의 몸부림이라고 생각해주면 좋겠다.

인간이 느끼는 모든 감정, 경험하는 모든 현상을 담아내기에 언어라는 그릇은 참 작지 않은가, 종종 생각한다. 말도 못 할 슬픔, 말도 못 할 아픔, 말도 못 할 부끄러움, 말도 못 할 기쁨, 말도 못 할 사랑…. 온전히 다 표현할 수 없는 그 다채로운 감정을 홀로 끌어안고 몸부림치며 사는 모든 사람에게 내 몸부림이 아주 작은 파동으로 다가가기를. 그저 조금 시원한 바람이 되기를. 그래서 나는,

한 번쯤, 남겨진 사람에 대해 이야기하고 싶었다.

차 례

1

부

2
부

3
부

1부

눈을 떴다. 시계를 보니 9시가 조금 넘었다. 멍하니 누워 천장을 바라본다. 오빠 꿈을 꿨다. 실로 오랜만에 꾸는 꿈이다. 오빠는 느긋하게 배를 내민 채 안방에 누워 자고 있었다. 아마도 나는 배를 훤히 드러낸 오빠에게 이불을 덮어주려 했던 것 같다. 시원하게 걷어찬 이불을 발로 누르고 있어 쉽게 덮어주지 못하고 낑낑댔다. 아빠가 안방으로 들어서며 오빠를 깨우려 하기에 그냥 자게 두라고 말하고는 둘이 함께 퇴장했다. 그리고 꿈에서도 퇴장했다. 멍하니 천장을 바라보며 꿈을 곱씹고 있자니 오랜만이라 반가운 마음과 혼자 태평한 듯한 모습에 왠지 억울한 마음이 뒤죽박죽 뒤섞였다.

우리 오빠는 18년쯤 전에 죽었다. 내가 스무 살, 오빠는 스물두 살. 사망 원인은 심장마비. 병원 장례식장 전광판을 보니 오빠가 가장 어렸다. 스물두 살이라. 정말 좋을 때, 창창할 때 갔구나. 아니, 내 20대를 떠올려보면 그다지 좋다거나 창창하다거나 파릇파릇하지 않았으므로 꼭 좋을 때라고는 할 수 없겠다. 내 20대에 드리워져 있던 수많은 그림자 가운데 오빠가 드리운 그림자도 꽤 깊고 진했으므로 오랜만에 꿈에 나타나 태평하게 누워 있던 오빠가 조금은 얄밉게 느껴졌다. 뭐가 예쁘다고 이불은 덮어주려고 했대? 참, 나.

여전히 누운 채 손을 뻗어 요즘 읽고 있는 책을 집어 든다. 사노 요코 할머니가 쓴 《사는 게 뭐라고》. 굉장히 솔직하고 귀여운 할머니다. 자신의 상황과 생각과 느낌을 거침없이 쏟아낸다. 낄낄대며 읽는데 할머니가 한국 드라마에 푹 빠진 이야기를 시작한다. 〈겨울연가〉부터 〈가을동화〉, 〈호텔리어〉, 〈올인〉 등 익숙한 드라마 이야기가 펼쳐진다. 내가 처음부터 끝까지 본 것도 있고, 제목만 아는 것도 있고, 띄엄띄엄 본 것도 있다. 그중에 나에게도 잊을 수 없는 드라마가 있다. 바로 〈가을동화〉. 사노 할머니는 이 드라마에서 반듯하게 잘생긴 원빈을 발견했지만 나는 이 드라마를 떠올리면 늘 같은 시간, 같은 장소로 되돌아간다.

오빠 장례식을 끝내고 집으로 돌아온 건 일요일이었다. 추석 며칠 뒤였으므로 본격적인 가을로 막 들어서기 전이었다. 부모님과 나는 지칠 대로 지친 상태였다. 손가락 하나 까딱하기 싫을 정도로, 아니 손가락 하나 까딱할 수 없을 정도의 무기력이 우리 셋을 짓눌렀다. 일도 하지 말고, 학교도 가지 말고 우리 며칠 쉬자. 그렇게 의기투합하고는 한 방에 옹기종기 모여 잠이 들었다.

그때 우리는 부엌 겸 거실 하나에 방 두 개가 딸린 집에 살고 있었다. 오빠와 나는 방을 함께 썼다. 한 명은 침대에서 자고 한 명은 바닥에서 자는 식으로 작은 방을 공유했다. 183센티미터인(아마도 오빠는 185센티미터라고 우기겠지만) 커다란 오빠와 170센티미터인 등빨 좋은 내가 방 안에 함께 있기라도 하면 그 공간이 꽉 차는 듯 느껴졌다. 서로 침대에서 자겠다고 자리다툼을 벌이기도 했다. 먼저 누운 사람이 임자지만 우리에게 그런 룰은 통하지 않았다. 힘으로 빼앗는 자가 승리한다는 적자생존의 법칙 아래 빼앗으려는 자와 지키려는 자 사이의 처절한 사투가 벌어지곤 했다. 지키려는 자가 벽에 몸을 밀착시킨 채 떨어지지 않으려고 용을 쓰면 빼앗으려는 자는 지키려는 자와 벽 사이를 파고들며 벽과 몸을 떼어놓으려고 용을 썼다. 지키려는 자의 힘이 강하면 빼앗으려는 자는 침대 밖으로 튕겨 나갔고, 빼앗으려는 자의 힘이 강하면 지키려는 자가 침대 밖으로 떼구르르 굴러나갔다. 다 큰 것들이 저러고 있다고 혀를 끌끌 차도 어쩔 수 없었다. 우리는 둘 다 침대에서 자고 싶었다.

치열했던 자리다툼이 끝나면 종종 승자는 침대에 누워 패자는 바닥에 누워 두런두런 이야기를 나누었다. 엄마와 아빠의 관계, 친척들과 우리 가족의 관계 등에 관해 이야기했고 스무 살 주변을 맴돌던 우리가 어찌할 수 없는 문제에 부딪힐 때면 오빠는 밖으로 나가 담배를 한 대 피우고 들어왔다. 오빠가 담배를 피울 동안 나는 뭘 하고 있었더라? 아마도 혼자 천장을 노려보며 누워 있었을 것이다. 1999년부터 2000년까지, 2년이 조금 못 되는 그 시간 동안 아주 어릴 때를 제외하고 오빠와 가장 사이좋게 지냈다. 지금 와 돌이켜보면, 마지막 선물 같은 그런 시기였다. 서로를 소 닭 보듯 하던 사춘기를 보내고 다소 자란 남매가 두런두런 이야기를 나누던 시기. 서로를 소 닭 보듯 하던 사춘기를 보냈음에도 옛날 버릇 못 버리고 침대에서 밀어내기 싸움이나 벌이던 시기.

그 방에 오빠가 쓰러져 있었다. 심장이 멈춘 채로. 패자가 누워서 자던 바닥에. 패자가 누워 자던 모습과는 사뭇 다르게. 그 방에서 혼자 잘 용기가 도저히 나지 않았다. 그래서 부모님이 누운 안방으로 파고들었다.

월요일과 화요일, 집에서 쉬며 텔레비전만 봤던 것 같다. 아무 생각도 하지 않고, 그냥 멍하니 움직이는 화면만 지켜봤다. 그리고 밤 10시, 〈가을동화〉가 시작했다. 뭐라 설명할 수 없는 기분이 가슴속에서 휘몰아쳤다. 오빠가 늘 누워서 텔레비전을 보던 곳에 내가 누워 있는데, 집에 있던 오빠는 없고, 앞으로도 없을 거고, 이제 다시는 볼 수 없는데, 울고 싶어도 부모님 앞에서 내가 먼저 울면 안 될 것 같고, 그래서 참고 있는데, 적당히 슬픈 드라마가 시작했고, 심지어 재밌기까지 하고…. 어쩌면 〈가을동화〉는 오빠가 없는 세상을 살기 시작한 날, 내가 평생 지워지지 않을 그리움을 간직하기 시작한 날의 시작점 같은 느낌으로 남아 있는지도 모르겠다.

에효. 천장에도 책 속에도 곳곳에 오빠가 있다. 자꾸만 불쑥불쑥 튀어나와 머릿속을 돌아다닌다. 귀찮기도 하고, 그립기도 하고, 아프기도 하고, 반갑기도 하다. 이제 그만 생각났으면 좋겠는데 딱 그만큼의 크기로 계속 머물러 있었으면 좋겠다. 나 책 좀 읽게 잠깐 딴 데 가서 놀고 있어. 이따 부르면 와. 그렇지, 절대 내 말을 들을 오빠가 아니다.

한국 드라마를 좋아하던 사노 할머니는 2010년 72세에 암으로 세상을 떠났다고 한다. 나와 나란히 앉아 드라마를 보던 우리 오빠는

2000년 22세에 심장마비로 세상을 떠났다. 사노 할머니는 세상을 떠난 지 8년이 지났음에도 바다 건너 대한민국에 살고 있는 나에게까지 기억되고 있다. 우리 오빠는 여전히 내 머릿속에서만 왔다 갔다 할 뿐이다. 내가 죽으면 우리 가족이 모두 죽으면 우리 오빠를 떠올릴 사람은 아마 아무도 없겠지. 그게 괜스레 분하고 억울하다. 눈물이 찔끔 날 만큼.

내 앞에는 세 명의 면접관이 앉아 있었다. 소설 부문 문학 특기생으로 대학에 입학원서를 낸 후 간단한 백일장을 치르고 면접을 봤다. 그때 한 교수님께서 이렇게 물었다.

"어떤 글을 쓰고 싶어요?"

사실 평소에 어떤 글을 쓰고 싶다고 진지하게 생각한 적은 없었다. 어릴 때부터 꾸준히 일기를 써왔고, 책 읽는 걸 좋아했고, 국어와 문학 시간이 반가웠고, 시도 끄적거렸고, 종종 독후감을 써서 상을 받았다. 초등학생 때부터 꾸준히 누군가에게 칭찬을 듣고 상을 받은 분야는 글쓰기밖에 없었다. 나는 당연히 글 쓰는 사람이 되어야겠다고 생각했다. 내가 가장 잘하는 게, 잘한다고 느끼는 게 그것뿐이었으므로. 글쓰기는 그렇게 당연하게 내 안에 있었고, 당연하니까 어떤 글을 써야겠다, 어떻게 써야겠다는 고민을 깊이 하지 않았다. 그런데 나도 모르는 사이 내 입에선 이런 말이 술술 튀어나오고 있었다.

"호수 위에 물방울이 떨어지면 잔잔한 파문이 일듯 제 글을 읽는 누군가의 가슴에 잔잔한 파문을 일으킬 수 있는 글을 쓰고 싶습니다."

이 대답 때문인지 어떤 이유에서인지는 모르지만 난 대학에 합격했다. 누군가의 가슴에 잔잔한 파문을 일으킬 수 있는 글을 쓰고 싶다는 마음은 지금도 변함없다. 단 한 명이라도 내 글을 읽고, 어떤 식으로든 감정의 동요를 느낀다면 참, 정말로, 고맙겠다. 그런데 어쩌나. 나는 아직도 다른 사람의 마음엔 가닿지 못하고 내 마음만 울렁울렁한 글을 쓰고 있으니. 오빠 꿈을 꾸고 하루 종일 울렁울렁거리고만 있으니.

아빠와 싸웠다. 어렸을 땐 '감히' 어른과 '싸운다'는 걸 상상할 수 없었다. 어른이 얘기하는데 말대꾸하면 안 돼, 그건 버릇없는 짓이야, 어른에게 버릇없이 굴면 나쁜 아이란다, 그렇게 배웠다. 나는 착한 아이였으므로(정말입니다) 어른 말씀에 토를 달거나 이의를 제기하지 않았다. 묵묵히 앉아 '그건 맞는 말이네, 그건 납득하기 어려운데' 생각하거나 '이건 아까 한 얘기잖아?' 싶으면 한쪽 귀로 흘려보내거나 일장 연설이 시작될 기미가 보이면 '언제까지 앉아 있어야 하지' 시계를 흘끔거리고 딴생각을 했다. 나는 착한 아이였으므로(아닌가?) 시종일관 진지한 표정으로 고개를 주억거리다 '이때다!' 싶은 타이밍에 네, 네, 착한 아이다운 대답을 내놓았다. 그게 당연한 줄 알았던, 모든 사람이 다 그렇게 하는 줄 알던 시절이었다. 그리고 나는, 더 이상 착하지도 않고, 더 이상 아이도 아닌 나는, 아빠와 싸웠다.

싸움의 발단은 이랬다(이 사건은 순전히 저의 입장에서 재구성된 것이므로 사실의 날조, 왜곡 등이 있을 수 있음을 미리 밝힙니다). 우리 가족에게는 '싫어하는 사람' 리스트가 있다. 공공의 적까지는 아니지만 굳이 이름을 붙이자면 '그 사람이랑 놀지 마' 리스트에 속하는 사람들. 그 리스트에는 엄마와 내가 싫어하는 아빠의 지인도 있고, 아빠와 내가 싫어하는 엄마의 지인도 있고, 부모님이 싫어하는 내 지인도 있다. 우리는 종종 식탁에 둘러앉아 밥과 과일과 차 등을 앞에 두고 놀지 말아야 할 그 사람들에 관해 성토대회를 열곤 한다. 그날도 마찬가지였다.

아침 식사를 끝낸 뒤 어쩌다 A씨 이야기가 나왔다. A씨는 뭐랄까, 욕심 사나운 놀부처럼 행동하면서 자신은 욕심 없고 착한 흥부라고 말하는 사람이다. 그 사람이 여기저기 다니며 놀부 짓 하는 것도 거슬리지만 자기는 놀부면서 자꾸 흥부라고 우기는 게 더 싫어서 우리 가족은 종종 그 놀부 씨를 식탁으로 소환하곤 한다. 그날 아빠는 다른 날과 마찬가지로 A씨를 비난했다. 평소라면 아빠의 말에 맞장구치며 "그러게, 그 사람은 왜 맨날 그런대" 함께 비난했겠지만, 그날 나는 신경이 까슬까슬 곤두서 있었다. 피곤하고 짜증이 나서 부정적인 에너지를 담은 말을 들으면 기분이 빠른 속도로 바닥을 뚫고 하강할 것만 같았다. 그래서 핸드폰을 만지작거리며 아빠의 말을 듣는 둥 마는 둥 하고 있다가 무심히 한마디를 건넸다.

"어디 나가서 그렇게 다른 사람 험담하지 말아요. 그러면 사람들은 욕하는 상대도 상대지만 아빠를 더 나쁘게 봐요."

딸깍. 이 말이 스위치였을까. 잠시 침묵하던 아빠의 얼굴이 서서히 일그러졌다. 그리고 커다란 고함이 폭탄처럼 펑펑 귓가를 때리기 시작했다. 가족이면 서로 감싸줘야지, 다른 사람 편을 들고 아빠한테 그렇게 말할 수 있느냐, 너는 지금 다른 무엇보다 내가 싫어서 그렇게 말하는 거다…. 살벌한 분노를 담은 말들이 머리 위로 쏟아졌다. 나는 잠시 멍하니 있었다. 언뜻 아빠의 말을 이해할 수 없었다. 이게 이렇게까지 화낼 일인가도 이해할 수 없었다. 무방비로 공격을 당하다 보니 핸드폰을 쥔 손이 덜덜 떨렸다. 나는 더 이상 착한 아이가 아니었으므로, 나름의 가치관을 가지고 세상을 살아가는 어른이 되었으므로 묵묵히 앉아 아빠의 말을 들으며 고개만 주억거리지 않고, 내 의견과 감정을 소리 내 말하기 시작했다. 나는 그런 의미로 한 말이 아니다, 내 말을 그렇게 비약하지 마라, 아빠가 왜 이렇게 화를 내는지 솔직히 이해할 수 없다, 내 말이 틀린 건 아니지 않느냐…. 하지만 아빠의 화는 좀처럼 수그러들지 않았다. 스스로 말을 하면 할수록 내가 말을 하면 할수록 점점 분노

수치가 상승하는 것 같았다. 스읍. 어딘가에서 올라온 본능이 소리쳤다. 도망쳐. 더 이상 대거리하지 말고 이 자리를 뜨라고. 여기서 말을 더 보탰다간 비극적인 사태가 발생할 거야. 옆에선 설거지를 끝낸 엄마가 어디서 어떻게 이 싸움을 말려야 할지 모르겠다는 표정으로 안절부절못하며 서 있었다. 나는 아빠가 잠시 숨을 고르는 사이, 부엌 의자에서 일어나 쾅 소리를 내며 내 방문을 닫는 것으로 일방적인 휴전을 선언했다.

어렸을 때 부모님은 자주 싸웠다. 종종 언성을 높였고, 때때로 엄마가 울었고, 수시로 화가 난 아빠의 뒤통수와 어깨가 집 문을 열고 나갔고, 가끔 엄마가 짐을 싸서 집을 떠났다. 1992년 여름, 밤 9시 40분쯤이었을 것이다. 오빠와 나는 무릎을 꿇고 부모님 앞에 앉아 있었다. 바로 몇 분 전 할 이야기가 있으니 이리 와 앉으라는 아빠의 명을 받았기 때문이다. 할 말이 있다고 우리를 불러 앉힌 아빠는 꽤 오랫동안 아무런 말도 하지 않았다. 무거운 침묵이 어깨와 무릎에 내려앉았다. 나는 점점 저려오는 발가락과 점점 무안해지는 손가락을 꼼지락거렸다. 아빠는 무슨 말을 어떻게 꺼내야 할지 고민하는 것 같았다. 째깍째깍. 시계 초침 소리가 초조하게 고요한 방 안을 왔다 갔다 했다. 더불어 나의 마음도 째깍째깍 달음박질치기 시작했다. 심장이 두근거렸다. 부모님 등 뒤에 놓인 시계로 흘끔흘끔 시선을 던졌다. 시간은 점점 9시 50분을 향해 가고 있었다. 조금 있으면 〈질투〉가 시작할 텐데. 엄마, 아빠. 전 두 분이 할 말이 뭔지 알고 있어요. 이혼하겠다는 거잖아요. 그냥 빨리 얘기하세요. 그래야 〈질투〉를 볼 수 있다고요. 이윽고 아빠의 입에서 비장함을 가득 품은 말이 뚜벅뚜벅 걸어 나왔다.

"엄마, 아빠 이혼할 거다."

내 가슴속에선 안도의 한숨이 새어 나왔다. 잘하면 하경이와 영호를 볼 수 있겠다는 안도감에서 나온 한숨이었다. 어서 이 시간이 지나가기를, 그래서 재밌는 드라마를 볼 수 있기를 간절히 바라고 또 바랐다. 열두 살의 나는 이혼이 뭔지, 이혼을 하면 어떤 상황이 닥칠지 전혀 가늠할 수 없었던, 부모님의 이혼보다 하경이와 영호가 나오는 드라마가 더 중요한 어린아이였다. 어른의 말에 토를 달지 않는 착한 아이, 이혼하겠다는 부모님의 결정에 그러지 마시라고 반대할 수 없는 무기력한 아이였다.

누군가와 헤어지는 게 쉬운 일은 아니라는 걸 부모님께 배웠다. 그 후로도 부모님은 함께 살았다. 여전히 싸우고, 여전히 울고, 여전히 집을 비우면서. 내가 가장 싫었던 건, 가장 참을 수 없었던 건 여전히 싸우고, 울고, 집을 비우는 부모님이 아니었다. 종종 우리 집을 찾아오는 친척들이었다. 오빠와 나를 앉혀놓고 우리를 안쓰러운 눈빛으로 바라보며 "너희가 잘해야 부모님이 화해하고 안 싸우는 거야. 부모님 말씀 잘 듣고, 공부 열심히 해"라고 말했다. 나는 이해할 수 없었다. 우리가 잘하면 부모님이 안 싸우시는 건가요? 우리가 어떻게 하면 안 싸우실까요? 그럼 지금까지는 우리 때문에, 우리가 잘못해서 부모님이 싸우신 건가요? 우리는 뭘 잘못한 걸까요? 묻고 싶었다. 하지만 나는 어른에게 말대답하는 버릇없는 아이가 아니었으므로 내 손을 쓰다듬는 거친 손을 쳐다보며 네, 네, 착한 아이다운 대답을 내놓았을 뿐이다.

그리고 어느 날, 나는 오빠 방에 찾아가 이렇게 말했다.

"지겨워. 엄마랑 아빠 차라리 그냥 이혼했으면 좋겠다."

어른에겐 할 수 없는 말을 오빠에게 털어놓았다. 오빠도 고개를 주억거렸다. 그리고 나는 〈질투〉 이야기를 꺼냈다.

"엄마 아빠가 처음 이혼한다고 말했을 때 〈질투〉 할 시간이었던 거 기억나? 나 사실 그때 〈질투〉 보고 싶어서 빨리빨리 말하고 끝냈으면 좋겠다고 생각했다."

"나도 그랬는데."

우리 둘은 마주 보며 킥킥킥, 웃음을 터뜨렸다.

일방적 휴전을 선언하고, 사무실에 나와 일을 하는 내내 두 가지 생각이 왔다 갔다 하며 가슴 언저리에 발길질을 해댔다. 쿵. 먼저 부끄러움이 달려와 가슴을 쳤다. 니가 그동안 감춰뒀던 비밀을 아빠에게 들킨 기분이 어때? 저 멀리서 반가움이 달려와 부끄러움과 바통터치를 하며 다시 가슴에 발을 뻗었다. 쿵. 저렇게 자신의 감정을 오롯이 드러낸 아빠의 모습을 보니 어때?

그래, 솔직히 말해서 나는 아빠를 싫어했다. 어릴 땐 일하러 나가는 아빠를 따라가겠다 떼를 쓰고, 밖에서 돌아온 아빠가 "발!"이라고 외치면 양말을 당겨 벗겨주는 귀여운(정말입니다) 딸이었지만 중학생이 되고 사춘기를 겪으며 아빠를 따라다니기는커녕 말도 하지 않고 눈도 마주치지 않는 남의 딸보다 못한 딸이 되었다. 사실 아빠가 나를 얼마나 사랑하는지 알고 있었다. 굳이 말로 표현하지 않아도 느낄 수 있을 만큼 커다랗고 선명한 사랑이었다. 하지만 나는 그게 싫었다.

나는 나를 선인장이라고 생각했다. 물을 자주 주지 않아도 잘 자라는 선인장. 그런데 아빠는 나에게 너무 자주 물을 주었다. 내가 어떤 아이인지 알려 하지 않은 채 아빠가 주고 싶은 대로 사랑을 강요했고, 그 사랑을 거부하는 나만 나쁜 아이가 되는 것 같았다. 물을 너무 많이 줘서 나는 시들시들 말라갔다. 가슴이 답답했다.

내가 엄마와 아빠 사이에서 엄마 편에 섰던 것도 하나의 요인이었으리라. 엄마는 남에게는 차마 할 수 없는 이야기를 나에게 들려주었다. 나는 엄마의 하소연을 듣고 같이 분노했다. 엄마를 힘들게 하고 내 가슴을 답답하게 만드는 아빠는 우리가 '놓지 말아야 할' 사람이었다.

유일한 동지였던 우리 오빠가 떠나고 아빠의 어깨가 점점 작아질 무렵, 어느 날 문득 그런 생각이 들었다. '저 사람이 나에게 무슨 큰 잘못을 저질렀다고 나는 그동안 저 사람을 그렇게 미워했던 걸까? 혼자서 가슴 안에 누구에게 향해도 상관없을 미움을 차곡차곡 쌓아온 건 아닐까?' 그런 깨달음이 똑똑똑 마음을 두드렸다.

그래, 내가 그날 까칠했던 건 사실이고, 아빠가 하는 말이 듣기 싫어서 나도 모르게 아빠를 비난했던 것 역시 사실이다. 아빠는 그 속에서 오랫동안 내가 은근슬쩍 혹은 노골적으로 표현했던 아빠에 대한 미움을, 아직도 머리로는 알고 있으나 가슴으로 떨쳐내지 못한 미움을 읽어냈을 것이다. 그래서 '너는 지금 다른 무엇보다 내가 싫어서 그렇게 말한다'는 이야기를 꺼낸 것일 테지. 어쩌면 오래전부터 눈치채고 있었으나 좋은 어른이 되고자 참고 참다 이제야 알은 채를 한 것일지도 모른다. 부끄럽고, 미안하고, 한편으론 내 미움을 알아채준 게, 그것에 대해 화를 내준 게 참 다행이라는 생각이 들었다.

집에 돌아오는 길. 띠링. 엄마에게 문자가 왔다.

— 출발할 때 연락하시오.

평소에도 엄마는 늘 내가 마을버스를 타면 마을버스 정류장으로, 지하철을 타면 지하철역으로, 택시를 타면 집 앞으로 나를 데리러 나온다. 오빠가 떠난 뒤부터 일상이 된 습관이다. 그런데 오늘 문자는 뭔가 심상치 않았다. 스윽. 어딘가에서 나타난 본능이 소근거린다. 엄마는 분명히 집으로 들어가는 동안 너에게 이렇게 말할 거야. 아빠에게 먼저 사과해, 아빠에게 너무 땍땍거리지 마. 그럼 넌 뭐라고 대답할래?

— 지금 막 출발했어요.

답문을 보낸 뒤 기도했다. 제발 엄마가 그 말만은 하지 말기를. 이번에는 제발 내 예감이 틀리기를. 아빠와 내가 알아서 화해할 수 있도록 시간을 주기를.

마을버스 정류장에서 집으로 돌아오는 그 짧은 5분 동안 역시 엄마는 내 예상과 똑같은 말을 꺼냈다.

"희주야, 네가 먼저 아빠한테 사과해. 어른하고 맞서서 그러는 거 아니야. 아빠 몸도 안 좋으신데 더 잘해드려야지."

더 이상 착한 아이도 아니고, 아직 좋은 어른도 못 된 나는 결국 참지 못하고 엄마에게 그동안 꾹꾹 눌러왔던 말을 쏟아냈다. 나는 엄마가 그렇게 말하는 게 더 싫다고. 내가 사춘기 때부터 아빠를 미워한 데에는 엄마도 일정 부분 영향을 미쳤다고. 엄마도 어쩔 수 없었다는 걸, 남에겐 할 수 없는 말을 딸이니까 나에게 했다는 걸 머리로는 이

해하지만 아빠를 향한 엄마의 미움이 나에게 고스란히 전달된 건 사실이라고. 나도 아빠에게 잘하고 싶지만 생각처럼 안 된다고. 기분이 나쁘면 나도 모르게 아빠에게 짜증을 내게 된다고. 잊고 있던, 가라 앉아 있던 그 감정이 올라와 괴롭다고. 엄마가 지금 아빠와 괜찮아졌다고, 엄마가 아빠를 용서하고 이해했다고 그걸 나에게 강요하지는 말라고. 엄마, 아빠를 머리로는 이해하지만 아직 아무렇지 않을 만큼 가슴이 괜찮아진 건 아니라고. 나에게도 시간이 필요하다고. 자그마한 엄마의 머리 위로 내 감정을 쏘아댔다. 엄마는 아무 말 없이 가슴에서 터져 나오는 나의 으르렁거림을 들으며 조용히 걷기만 했다.

띠링.

씻고 방에 누웠는데 문자가 왔다. 엄마였다. 메시지 창을 보니 이렇게 쓰여 있었다.

"희주야! 엄마가 많이 미안해~"

문자를 읽는 순간, 주책맞게 눈물이 났다. 오랫동안 가슴을 막고 있던 체증이 한꺼번에 쑤욱 밑으로 내려가는 듯한 기분이 들었다. 나는 어른대는 핸드폰 화면을 뚫어져라 바라보면서 하나하나 글자를 써 나갔다.

"네. 미안하다고 말해줘서 고마워요."

띠링.

"그래, 고맙다. 우리 노력하면서 잘 살자."

그 뒤 공주님은 왕자님과 오래오래 행복하게 살았을까? 해피 엔딩은 동화 속에만 존재한다는 걸, 현실 속 공주님은 왕자님과 지지고 볶으며 때론 행복하게 때론 처절할 만큼 불행하게 살아간다는 걸 우리는 알고 있다. 그렇다면 나는 그 뒤 엄마, 아빠와 싸우지 않고 오래오래 행복하게 살았을까? 당연히 아니다.

나는 지금도 가끔 아빠와 싸운다. 아빠를 향한 미움이 불쑥불쑥 올라와 괴롭다. 그리고 엄마는 여전히 나에게 '아빠에게 먼저 사과하라고, 아빠에게 그렇게 하지 말라'고 잔소리를 한다. 달라진 건 거의 없다. 아름다운 마무리, 훈훈한 관계는 오직 그 순간뿐이었다. 누군가와 헤어지는 게 쉬운 일이 아니듯, 미움과 이별하는 것도, 마음을 정리하는 것도 쉬운 일은 아닌 듯하다. 알면서도 반복하는 인간의 어리석음을, 끝내 어쩌지 못하는 인생의 아이러니를 느끼며 이렇게 조금씩 나아갈 수밖에.

누군가의 울타리가 된다는 것

설 연휴를 며칠 앞둔 일요일, 엄마는 작은 몸을 동그랗게 만 채 거실에 쭈그리고 앉아 있었다. 며칠 전부터 거실 한쪽에서 꾸덕꾸덕 말라가던 가래떡을 손가락으로 꾹꾹 누르며 언제쯤 썰 수 있을지 가늠하는 중이었다. '좋아, 너무 딱딱하지도 너무 말랑거리지도 않는군, 바로 지금이야!'라는 판단이 들었는지 엄마는 곧 거실에 도마를 대령해놓고 앉아 가래떡을 어슷어슷 썰기 시작했다. 텔레비전을 보다가 떡을 썰다가, 빨래를 널다가 떡을 썰다가, 밥상을 차리다가 떡을 썰다가…. 그렇게 엄마는 하루 종일 꾹꾹, 가래떡을 썰었다.

하루 종일 방에 틀어박혀 원고 교정 작업을 하던 나는 겨울 해가 어슷 기울 무렵 방에서 어슬렁어슬렁 걸어 나왔다. 떡을 써는 엄마 옆으로 다가가 일정한 크기로 도마 위에 늘어서는 떡을 물끄러미 바라보았다. "두께가 일정한 게 석봉이 엄마 뺨치겠네요"라고 말하며 가장 두꺼운 꽁다리 부분을 하나둘 집어먹었다. 칼을 움켜쥔 엄마의 손, 떡에 닿으며 가늘게 떨리는 칼날, 쑤욱 떡을 썰어내는 칼과 부들거리는 엄마의 손, 하얀 표면보다 더 새하얀 속살을 내보이며 도마 위로 벌러덩 드러눕는 떡…. 그 모습을 바라보고 있으려니 재밌겠다, 나도 해보고 싶다, 엄마가 힘들어 보이니 나머진 내가 대신 해볼까, 라는 생각이 들었다. 그리고 결국 엄마에게 칼을 넘겨받았다.

그로부터 약 한 시간 뒤, 나는 도마 위에 놓인 가래떡 꽁다리를 쏘아보며 고민에 빠져 있었다. 그냥 두자니 두껍고, 한 번 더 썰자니 왼손으로 잡을 만한 곳이 마땅치 않은 애매모호한 두께의 꽁다리가 남았던 것이다. 세모꼴 모양을 한 그 꽁다리는 도마 위에 드러누워 '칼질 초심자인 네가 날 썰 수 있겠니'라는 신호를 보내는 듯했다. 그만 썰까? 아니야, 이대로 두기엔 너무 두꺼워. 얘가 떡국에 들어가 있다고 생각해봐. 혼자 너무 커서 잘 익지도 않을 거야. 그럼 한 번 더 썰까? 아니야, 한 번 더 썰면 또 너무 작아질 텐데. 잡을 곳도 마땅치 않은데 어떻게 썰어야 하지? 그럼…, 그냥 먹어버릴까? 아니야, 지금까지 많이 주워 먹었잖니. 그래, 결심했어!

나는 꽁다리 끝을 살짝 잡고 중간 부분에 칼날을 가져갔다. 손에 힘을 주고 칼을 누른 순간 물컹, 날이 미끄러지면서 떡이 아닌 내 왼손 집게손가락을 썰고 말았다. "으악." 정말 눈 깜짝할 사이에 벌어진 일이었다. 손가락에서 피가 뚝뚝 떨어졌다. 얼른 손을 감싸고 휴지가 있는 식탁 쪽으로 뛰어갔다. "무슨 일이야!" 싱크대 앞에서 음식을 만들던 엄마도, 떡을 써는 내 뒤에 앉아 텔레비전을 보던 아빠도 나에게 달려왔다. 금세 피로 젖어든 휴지를 보며 엄마가 울 것 같은 표정으로 종종거리며 서 있었다. 피를 보고 당황한 나는 소독약을 찾아 거실로, 밴드를 찾아 내 방으로, 마데카솔을 찾아 부엌으로 왔다 갔다 했고, 역시 딸내미의 피를 보고 당황한 부모님은 마치 축구선수 메시를 밀착 마크하는 수비수처럼 내 뒤를 따라 거실로, 방으로, 부엌으로 왔다 갔다 했다.

상처 부위에 밴드를 붙이고 반창고로 꽁꽁 싸매 얼추 지혈을 끝낸 뒤, 세 식구가 거실에 모여 앉았다. 어디서 본 건 있어서 상처 부위를 심장보다 높은 곳에 두어야 피가 멎는다며 나는 왼손을 위로 든 어정쩡한 자세를 취한 상태였다. 아, 석봉이 엄마가 되는 길이 이다지도 힘든 것이었던가, 라고 농담을 던지자 엄마는 내 눈을 제대로 바라보지도 못한 채 너 피 나는 거 보는데 심장이 떨어지는 줄 알았다고, 앞으론 조심하라고 말했다.

다음 날 저녁, 우리 세 식구는 동네 병원 응급실로 향했다. 떡 대신 손가락을 썬 지 24시간이 지났으니 어느 정도 아물었겠지, 생각하고 어제 감아둔 반창고를 떼어내자 다시 피가 솟아났던 것이다. 아, 이건 마데카솔과 밴드로는 해결할 수 없는 상처구나, 싶어 부모님과 함께 병원으로 달려갔다. 부모님은 여전히 나를 밀착 마크하며 응급실에 따라 들어왔다. 응급실 안에 있던 의사는 내가 어설프게 감아놓은 반창고를 뜯어내고는(아파요, 살살 뜯어주세요) 상처 주변을 누르고(아프다고), 상처를 살짝 벌려보기도 했다(아프다고, 이 자식아). 엄마는 차마 내 상처를 보지 못하고 응급실 밖으로 나가셨고, 아빠는 조금 후에 다가온 간호사에게 보호자는 나가셔야 한다며 쫓겨났다.

결국, 세 바늘 정도를 꿰매고, 파상풍 주사를 맞고 병원을 나섰다. 집으로 돌아오는 차 안에서 엄마가 말했다. "이제 앞으론 썰어져 있는 떡만 살 거야. 가래떡 뽑아서 써는 건 절대 안 할 거야." 그 말을 듣는데 슬며시 웃음이 나왔다. 떡 썰다가 딸내미 조금 다쳤다고, 엄마가 그렇게 좋아하는 가래떡을 쳐다도 안 볼 것처럼 말해서. 그 사랑이 고맙고, 좋고, 참 따뜻하면서도 내가 도저히 헤아릴 수 없을 만큼 거대하게 느껴져서.

가끔 그럴 때가 있다. 아니 솔직히 말하면 자주. 수비수들에게

둘러싸여 집중 마크당하는 메시의 심정이 된달까. 수비수들을 떼어놓고 훨훨 날아서 내가 원하는 곳에 시원하게 골을 넣고 싶은 기분.

김수현 씨가 쓴 〈그래, 그런 거야〉라는 드라마에서 이런 에피소드가 등장한다. 결혼한 딸이 결혼 전 남편이 낳은 자식의 존재를 알고는 이혼을 선언한다. 남편에 대한 배신감과 사랑 사이에서 갈등하던 딸은 머리를 식히고 오겠다며 핸드폰을 꺼둔 채 며칠 여행을 떠난다. 딸의 엄마(김해숙 분)는 연락이 닿지 않는 딸 걱정에 전전긍긍이다. 며칠 후 여행에서 돌아온 딸과 통화가 된다. 잠시 여행 다녀온 것뿐인데 뭘 그렇게 걱정하느냐는 딸에게 엄마는 소리친다. 마흔 된 딸이 하는 말 좀 보라고. 네가 어떻게 그렇게 말할 수 있느냐고. 전화를 끊은 뒤 엄마는 절규한다. 자식 정말 싫다고. 엄마라서 너무 불행하다고.

거실에 서서 훅훅, 훌라후프를 돌리며 이 장면을 보던 엄마는 말했다. 엄마라서 힘든 거라고.

한 살, 두 살 나이가 쌓이면서 주변의 친구, 언니, 동생들이 결혼을 하고 아이를 낳는다. 그 힘든 엄마의 길로 하나둘 들어서고 있다. 얼마 전 네 살 먹은 딸아이를 새 어린이집에 데려다주고 온 친구는 아이가 앞으로 사람들과의 관계 속에서 상처받으며 살아갈 것이 걱정된다며 눈물 바람을 했다. 20대 중반에 직장에서 만나 하루가 멀다 하고 술을 마시며 친해진 한 선배는 예정일보다 두 달 빨리 태어나 인큐베이터에 들어간 아이를 보고 나와서 하염없이 눈물을 흘렸다. 작게 낳아줘서 미안하다고, 약하게 낳아줘서 미안하다고.

아직 엄마가 돼보지 않은 난 솔직히 그들의 마음을 온전히 이해할 수 없다. 그저 마음이 아프겠거니, 걱정이 되겠거니, 그래 엄마는 참 힘들겠거니 짐작만 할 뿐. 찌질하고 철딱서니 없던 20대, 스스로를 어쩌지 못해 괴로워하던 20대를 함께 보낸 내 동료들이 이제는 누군가의 울타리가 되어 여리고 따뜻한 생명들을 길러내고 있다는 것에 응원을 보낼 뿐. 아직 부모님의 울타리 안에 머물고 있는 서른 후반 어린이는 '그냥 손가락 조금 벤 것뿐인데 뭘 그리 걱정하느냐'고, '사람들 만나느라 그냥 조금 늦은 것뿐인데 뭘 그리 걱정하느냐'고, 아직도 철없는 소리를 내뱉고만 있을 뿐. 조건 없이 주는 사랑보다는 받는 사랑에 익숙해 있는 이 어린이는 그저 울타리를 뛰어넘을 순간만, 수비수들을 몰래 따돌릴 기회만 엿보고 있을 뿐.

나도 언젠간 누군가의 울타리가 되어줄 수 있을까? 저렇게 거대한 사랑을 주기만 하는 사람이 될 수 있을까? 그럼 그때가 되어서야 비로소 부모의 마음을, 엄마의 마음을 이해할 수 있게 될까? 부모님과 함께 집으로 돌아오는 길, 붕대가 칭칭 감긴 왼손 집게손가락을 내려다보며 그런 생각에 젖어 들었다.

어째서 그런 이야기를 하게 됐을까? 몇 년 전 가을 어느 날, 나는 한 선배에게 그날의 일을 털어놓고 있었다.

빗물에 젖어 번들거리는 아스팔트 위를 미친 듯이 달렸다. 집에 들어올 때까지만 해도 부슬부슬 내리던 비는 어느새 그쳐 있었다. 아니, 어쩌면 비가 내리고 있었는지도 모른다. 비가 오는지 마는지, 우산을 쓸지 말지 생각할 겨를이 없었다. 걸어서 5분이면 닿는 119구조대를 향해 그렇게 달렸다. 문을 쾅쾅쾅 두드리며 소리쳤던 것 같다. "사람이 쓰러졌어요. 빨리 좀 와주세요!" 평소 소리라곤 질러본 적 없는 내가 누군가를 향해 그처럼 간절히, 큰 목소리를 낸 건 그때가 처음이었다. 구급대원이 모습을 드러냈다. "사람이 쓰러졌어요. 빨리 가야 해요. 빨리, 빨리요."

구급대원 두 명과 함께 구급차에 올랐다. 그때 나는 꽤 흥분해 있었다. 집으로 가는 길을 설명하는 내 목소리가, 오빠의 상태를 설명하는 내 목소리가 마치 남의 것만 같았다. 수신 상태가 불량한 라디오를 크게 틀어놓은 듯 지직거리고, 끊어지고, 거칠었다.

"저희 집 여기서 5분밖에 안 걸려요. 가까워요. 집에 왔는데 쓰러져 있었어요. 심장은 안 뛰고, 목에 손을 대봤는데 맥박은 뛰고 있었어요. 느리지만. 여기서 우회전이요. 바로 좌회전해서 쭉 가시면 돼요. 아빠가 인공호흡을 했는데…. 저기요, 저기가 우리 집이에요. 빨리요."

구급차에서 막 내리는데 동네 식당에서 일하다 연락을 받고 달려온 엄마와 마주쳤다. 구급대원은 들것을 들고 집 안으로 뛰어 들어갔다. 곧이어 오빠가 들것에 실려 나왔다. "병원에 도착하면 상황 봐서 전화할게. 너는 집에 있어." 부모님은 구급차를 타고 떠났다.

시끄럽던 주변이 삽시간에 고요해졌다. 무섭도록 깊고 진하고 무거운 고요함이었다. 오빠가 쓰러진 방 안에 멍하니 앉아 있었다. 갑자기 몸에 한기가 들면서 두려움이 머리 위로 쏟아졌다. 손과 턱과 어깨가 덜덜 떨릴 정도의 한기와 두려움이었다. 삶의 경계를 넘어 죽음의 세계로 인도하는 누군가가 있다면, 죽음이라는 것이 형태와 질감을 가진 어떤 것이라면, 그것이 바로 내 옆에 와 있다는 확신이 들었다.

"오빠가 죽었다"는 전화를 받고 병원으로 향했다. 병원에 도착했을 때, 오빠는 머리끝까지 하얀 천을 뒤집어쓴 채 누워 있었다. 엄마는 오빠의 몸 위에 엎드려 울었고, 아빠는 망연자실한 표정으로 그 모습을 바라보았다.

혼자 얼마나 아팠을까? 얼마나 괴로웠을까? 얼마나 무서웠을까? 두 주먹을 꽉 쥐고, 오빠의 마지막 시간을 생각했다. 소리라도 질러 보지. 안방에서 자고 있는 아빠가 들을 수 있도록. 슬프고, 안타까웠다. 그리고 이 슬픔과 안타까움은 곧 분노로 바뀌었다. 오빠가 그렇게 쓰러져 서서히 굳어가는 동안 아빠는 도대체 뭘 한 거지? 같은 지붕 아래 있었으면서 어떻게 그걸 몰랐지? 너무나 화가 나고, 오빠가 살지 못한 게 모두 아빠 탓인 것만 같았다. 그렇게 커져가는 분노가 점점 슬픔을 압도해갔다.

3일간 장례식장은 조용했다. 친척들, 오빠 친구들, 내 친구들이 조용히 왔다 갔다. 하늘에선 꾸준히 조심스럽게 비가 내렸다.

나는 언제 그 말을 듣게 됐을까? 친구 부모님의 차를 얻어 타고 경찰서에 가 오빠 이름 옆에 '변사체'라고 쓰인 서류에 사인을 하고 돌아온 뒤였을까? 아니면 밤새 울다 장례식장 안에 있던 동굴 같은 방으로 기어들어 가 잠깐 눈을 붙이고 나온 뒤였을까?

그 손님은 엄마의 손을 꼭 붙잡고 이야기하고 있었다. "그때 희주는 뭐 했어?" 내 이름이 들려서 그쪽을 돌아봤던가? "아휴, 그날 희주만 집에 있었어도 이렇게 되지는 않았을 텐데…." 아쉬움을 가득 매단 그 말이 내 귀에 와 박혔다. 순간 그 손님과 눈이 마주쳤다. 그녀의 눈 속에 담긴 또렷한 원망이 내 눈에 와 박혔다. 그녀의 감정이 너무나 선명하게 느껴져 나는 서둘러 고개를 돌릴 수밖에 없었다. 머리에 찬물을 뒤집어쓴 듯 정신이 확 들었다. 심장이 두근두근 뛰었다. 그리고 깨달았다. 사람은 자신의 슬픔을 이겨내기 위해 누군가를 원망한다는 사실을. 그 원망은 자신과 제일 가까운 사람 혹은 자신이 가장 미워하는 사람 혹은 자신보다 약한 사람에게 향한다는 사실을. 내가 나의 슬픔을 이겨내기 위해 아빠를 원망했듯이, 저 사람은 자신의 슬픔을 이겨내기 위해 나를 원망하고 있다는 사실을. 그러니 이 죽음은 아빠의 탓도, 그 누구의 탓도 아니라는 사실을.

"너는 아직도 너를 용서하지 못하고 있구나." 가만히 내 이야기를 듣던 선배가 말했다. "너도 알고 있잖아. 네 잘못이 아니라는 걸. 누구의 잘못도 아니라는 걸.” 선배는 손을 뻗어 내 등을 쓰다듬었다. “아버님은 얼마나 당황하셨겠니. 처음 겪는 일 앞에선 누구라도 당황하잖아. 아무리 어른이라도. 아버님은 스스로 얼마나 자책하셨겠니. 같은 집에 있으면서 자식을 구해내지 못했다고.”

“저도 머리로는 알고 있어요. 아빠의 잘못도 아니고, 제 잘못도 아니라는 걸. 그래서 아빠한테는 언젠가 꼭 미안하다고 말할 거예요. 하지만 제 가슴속에는 그 말이 내내 박혀 있어요. 아, 내가 그날 집에만 있었어도, 오빠가 쓰러졌을 때 바로 119에 연락해서 살릴 수 있었을 텐데…. 적어도 그렇게 허망하게 보내진 않았을 텐데…. 나 때문에 오빠가 죽은 거 같아서, 너무 미안해요.”

“이제 그만 너를 용서해줘.”

“저도 그러고 싶은데, 어떻게 해야 나를 용서할 수 있는지 모르겠어요. 나를 용서하는 방법을 잘 모르겠어요.”

실로 오랜만에 누군가의 앞에서 어깨를 들썩이며 그렇게 울었다.

나, 아빠한테 사과하고 싶은 게 있어요. 그때 오빠가 그렇게 됐을 때, 난 사실 아빠를 원망했어요. 집에 같이 있었는데 오빠의 상태를 몰랐다는 이유로. 내가 다른 사람에게 원망의 대상이 돼본 뒤에야 알았어요. 원망은 내가 받은 상처를 이겨내기 위한 방어의 수단으로 사용하는 무기라는 걸. 나에겐 방패지만 상대에겐 창으로 느껴지는 그런 무기라는 걸. 그때 아빠는 얼마나 힘들었을지, 얼마나 괴로웠을지 짐작하려고도 하지 않아서, 내 슬픔이 너무 커서 아빠의 슬픔은 상상조차 하려하지 않아서, 정말 미안해요.

아빠한테 사과해야지, 마음은 먹었지만 쉽사리 용기를 내지 못하고 근 1년이란 시간을 흘려보냈다. 그리고 제법 술을 마신 어느 날, 지하철역으로 딸내미를 마중 나온 부모님께 산책을 하자고 제안했다. 밤 11시가 넘은 시각, 밤공기는 산책하기 딱 좋을 만큼 시원했고, 시간이 시간인지라 아파트 앞 산책길에는 오가는 사람이 아무도 없었다. 셋이 나란히 서서 단풍이 지기 시작한 나무 사이를 걸었다. 그리고 말을 꺼냈다. 나, 아빠한테 사과하고 싶은 게 있어요. 아빠는 가만히 듣기만 했다. 내 이야기가 끝난 뒤에도 아무 말 하지 않았다. 하지만 침묵 속에서 아빠가 조용히 울고 있다는 건 느낄 수 있었다. 그렇게 우리는 밤길을 걸으며 셋이 조용히 울었다.

내 경우에 한해 생각해보면 소중한 존재를 잃은 사람의 마음속은 주변 사람이 낸 상처보다 자기 자신이 낸 상처로 얼룩져 있다. 어쩌면 나는 오빠의 죽음이 누구의 잘못도 아니라는 사실을 알았기 때문에 슬픔을 이겨내는 방편으로 원망의 화살을 나에게 돌렸는지도 모른다. 그동안 혼자 창으로 찌르랴, 방패로 막으랴 바빴는지도.

나는 아직도 어떻게 하면 나를 용서할 수 있는지, 그 방법을 찾지 못했다. 어쩌면 평생 찾을 수 없을지도 모른다. 아빠도 마찬가지일 거라 생각한다. 끊임없이, 평생, 자신을 탓하며, 그렇게 아파할 것이다. 그럼에도 이렇게 조금씩 덮어둔 상처를 살짝살짝 들춰 여기가 아픈 데예요 서로 알려주고, 그곳에 약을 바르는 과정을 밟아나가다 보면, 같은 상처를 가진 동지로서 서로의 아픔을 이해하고 보듬어나가다 보면 '용서의 길'을 찾을 수 있지 않을까?

누군가의 눈에는 내가 이기적인 인간으로 비칠 것이다. 내 마음 편하자고, 아빠의 상처를 들쑤셨다고. 받아들일 준비가 안 된 사람에게 억지로 내 마음만 앞세웠다고. 혼자 미워했다, 사과했다, 북 치고 장구 치는 꼴이 우습다고. 그래 어쩌면 그럴지도 모르겠다. 하지만 아직도 서툴고 모자란 내가 '나를 용서하는 법'을 찾고자 어렵게 내딛은 발걸음이었다고, 그렇게 이해해주시길…. 그 서툴고 모자람이 거듭 누군가에게 상처가 됐다면, 다시, 사과할게요.

소중한 존재를 잃은 사람의 마음은

그 누구도 아닌 자기 자신이 낸 상처로 얼룩져 있다.

ㅇ

그 집은 생생히 기억한다. 돌계단을 서너 개 올라가면 커다란 철제 현관문이 나타난다. 철컹, 그 문을 밀고 안으로 들어선다. 바로 눈앞에 붉은 꽃을 따서 입에 물면 달콤한 맛이 나는 사루비아가 잔뜩 심어져 있다. 사루비아가 심어진 정원을 중심으로 왼쪽에는 주인 할머니 댁이, 오른쪽으로는 단칸방들이 뒤집어진 'ㄴ'자 모양으로 다닥다닥 붙어 있다. 뒤집어진 'ㄴ'자의 위쪽 끝에는 살구나무 한 그루가 서 있고 그 살구나무 앞으로 스무 개쯤 되는 돌계단이 놓여 있다. 하나, 둘, 셋, 넷… 돌계단을 오르면 꽤 넓은 마당이 눈앞에 펼쳐진다. 이곳에도 방 하나와 부엌 하나가 딸린 집들이 마당을 'ㄱ'자 모양으로 감싼 채 늘어서 있다. 나는 한 살부터 네 살까지 이 'ㄱ'자 중 한 곳에서 살았다. 그리고 그곳에 우리의 적이 있었다.

나는 세 살, 오빠는 다섯 살이었고, 우리 집 건너 건너에는 우리와 나이가 같은 다섯 살, 세 살 자매가 살았다. 그중 다섯 살 언니가 끊임없이 우리 오빠를 괴롭혔다. 당시 나는 팬티만 입고 분수머리를 한 채 넓은 이마로 바람을 가르며 마당을 뛰어다니던 천둥벌거숭이였기에 그

괴롭힘의 실상이 얼마나 잔인했는지 전혀 기억하지 못한다. 하지만 엄마의 증언에 따르면 이랬다.

"어느 날, 나는 마당 수돗가에서 빨래를 하고, 오빠는 그 옆에서 흙장난을 하고 있었어. 아직 좀 추울 때였는데, 그 끝에 집에 사는 OO이가 오빠한테 다가오는 거야. 그 전에도 오빠 노는 데 와서 장난감 뺏고, 흙 뿌리고, 상대 안 해주면 뒤통수 때리고 엄청 괴롭혔거든. 그래서 내가 빨래를 하면서 어떻게 하나 유심히 쳐다봤지.

오빠 옆으로 슬금슬금 다가오더니 또 오빠 노는 걸 방해하는 거야. 오빠가 이리 피하고, 저리 피하며 상대를 안 해주니까 이번에는 웬일인지 그냥 가더라고. 오늘은 저 정도로 끝내려나 보다 하고 빨래를 하고 있는데, 갑자기 오빠가 '와앙~' 하고 우는 소리가 들리는 거야. 놀라서 쳐다보니까 글쎄 고 기집애가 바가지에 찬물을 떠와서는 앉아 있는 오빠 머리에 부어버린 거 있지? 아직 쌀쌀했는데. 오빠 감기 걸릴까 봐 얼른 데리고 집에 들어가는데, 내가 더 화가 났던 게 뭔지 알아? 그때 OO이 엄마가 마당 한쪽에서 빨래를 널고 있었는데 지 딸을 혼내기는커녕 이 모습을 보고 웃고 서 있는 거야. 그놈의 망할 여편네가."

자식이 밖에 나가 사람을 때리고 다녀도 문제지만 맞고 들어오는 꼴은 또 못 보는 게 부모 심정이라고들 한다. 엄마는 오빠를 집으로 데리고 들어와 눈물이 쏙 빠지게 혼을 냈다. 바보처럼 왜 맞고만 있냐고, 다음부턴 너도 반격을 하라고. 뒤통수를 때리면 너도 뒤통수를 때리고, 배를 때리면 너도 배를 때리라고. 오빠는 눈물 콧물 범벅이 되어 고개를 끄덕였다.

그로부터 며칠 후, 드디어 복수의 그날이 찾아왔다. 역시 엄마의 증언에 따르면 쭈그려 앉은 채 뒤통수를 맞은 오빠는 천천히 몸을 일으켰다. 물리쳐야 할 적을 마주 본 후 깊이 숨을 내쉬었다. 매번 승리를 거머쥐었던 그 적은 '니가 뭘 어쩌겠다고?'라는 표정으로 오빠를 내려다보았다. 오빠는 고개를 돌려 마당 한구석에서 날카로운 눈빛으로 자신을 주시하고 있는 엄마를 보았다. 눈이 마주쳤다. 엄마는 '오늘도 맞고 들어오면 가만두지 않겠다'는 기운을 온몸으로 내뿜고 있었다. 아마 오빠는 갈등했을 것이다. '적에게 맞는 게 나을까, 엄마에게 맞는 게 나을까.' 그리고 선택했다. 주먹을 꼭 쥐고 팔을 들어 올렸다. 팔을 앞뒤로 왔다 갔다 하다가 온 힘을 다해 주먹을 적의 배에 꽂았다. "윽." 적은 두 손으로 배를 감싸 안고 주저앉았다. 그리고 울음을 터뜨렸다. 오빠는 적과 자신의 주먹을 번갈아 쳐다보다 엄마에게로 눈을 돌렸다. 만족스러운 듯 입가에 잔잔한 미소를 띤 엄마와 눈이 마주쳤다.

"근데 왜 그 언니가 오빠 머리에 찬물 부었을 때 바로 언니를 혼내지 않았어요?"

"그래 봐라. 당장 애들 싸움이 어른 싸움 되지. 애들 싸움은 애들끼리 풀게 해야 하는 거야. 너네 키울 때는 자기 애라고 그렇게 막 싸고돌지도 않았어. 그리고 내가 그때 나서봤자 나중에 또 괴롭힐 걸 뭐. 스스로 헤쳐나갈 수 있도록 방법을 알려줘야지."

"그 방법이 같이 때리는 거였어요?"

"뭐, 다른 방법 있니? 그리고 너 때문에 엄마가 더 화를 못 낸 거야."

"제가요? 제가 왜요?"

엄마의 증언에 따르면 이랬다.

팬티만 입고 분수머리를 한 채 넓은 이마로 바람을 가르던 천둥벌거숭이도 '누군가가 우리 오빠를 괴롭히고 있고, 오빠를 괴롭히는 사람은 나쁜 사람'이라는 인지력은 있었던 듯하다. 허리 위에 두 팔을 척하니 올리고 마당에 서서 "누가 우리 오빠 때렸어!"를 외치며 돌아다녔다. 팬티만 입고 분수머리를 한 채 넓은 이마로 바람을 가르던 천둥벌거숭이였지만 '자신보다 큰 적에게는 함부로 덤벼선 안 된다'는 인지력은 있었던 듯 오빠를 괴롭히던 언니 대신 그 동생에게 달려들어 얼굴을 죄 꼬집어놓았던 것이다.

"하루는 OO이 엄마가 걔 동생 손을 잡고 우리 집에 찾아왔더라. 희주가 애 얼굴을 이렇게 만들어놨다고. 여자애 얼굴을 이렇게 해놔서 어떡할 거냐고. 오빠 일도 있고 해서 난 사과 안 했다."

그 후로 적은 우리 오빠를 다시는 괴롭히지 않았다. 나도 적의 여동생을 꼬집지 않았고, 내가 네 살이 되던 해 우리는 그 집을 떠났다.

○

오빠와 나의 적이 살던 그 집을 떠나 경기도 고양군 원당읍에서 3년을 보내고 나는 일곱 살이 되었다. 이제 옷도 제대로 갖춰 입고, 머리도 길게 길러 하나로 묶은 채 찰랑찰랑 앞머리를 휘날리며 유치원에 다녔다. 그리고 그곳 유치원에 모든 여자아이의 적이 있었다(정녕 적이 없는 곳에선 살 수 없단 말인가!). 곱슬머리를 한 그 남자아이는 치마 들추기, 고무줄 끊기, 별명 부르기 등 할 수 있는 장난이란 장난은 모두 다 치며 여자아이들을 울리는 게 일이었다.

어릴 때부터 다른 아이보다 머리통 하나가 더 컸던 나는 우는 여자아이들을 대신해 그 곱슬머리를 쫓아가 응징하는 역할을 맡곤 했다. 그러던 어느 날, 나에게도 위기가 찾아왔다. 덩치로, 힘으로 나를 이기지 못했던 그 곱슬머리 녀석이 도망칠 거리를 확보한 채 "안주!"라고 놀리기 시작했던 것이다. 일곱 살이었던 나는, 술을 한 모금도 못 마시는 아빠와 술을 잘 안 마시는 엄마 손에서 자란 나는 안주가 무슨 뜻인지도 잘 몰랐지만, 나를 안주라고 부르며 조롱하는 곱슬머리의 그 말투와 행동이 참을 수 없이 싫었다. 있는 힘껏 달려가 목덜미를 잡고 그렇게 부르지 말라고 엄포를 놓아도, 등짝을 때려줘도 "알았어, 알았어. 안 그럴게" 하고는 놓아주면 바로 뒤돌아 "이 안주야!"라고 놀리기 일쑤였다. 그러던 어느 날 너무 분한 나머지 눈물을 쏟고 말았다.

닭똥 같은 눈물을 뚝뚝 흘리며 집에 들어서자 엄마가 깜짝 놀라 물었다.

"뭐야, 왜 울어?"

"애들이 자꾸 안주라고 놀려요."

"울지 마. 뭐 그런 일로 울어."

"그렇게 부르는 거 너무 싫단 말이에요. 우허엉."

잠시 나를 달래던 엄마는 내가 쉽게 달래질 것 같지 않자 우는 나를 골똘히 바라보다 한 가지 방법을 제안했다.

"그럼 이렇게 한번 해봐…."

다음 날 유치원에 갔다. 전날 나를 울린 뒤 의기양양해 있던 곱슬머리는 나를 보자마자 다시 "안주!"라고 놀려댔다. 좋아, 엄마가 알려준 방법을 사용해보자. 나는 도망치는 곱슬머리를 뒤쫓았다. 빠른 발과 어린이답지 않은 집요함을 발휘해 곱슬머리를 사로잡았다. 나는 곧바로 곱슬머리의 멱살을 틀어쥐었다.

"다시 한 번 말해봐."

"뭘?"

곱슬머리는 약간 겁먹은 목소리로 물었다.

"안주라고 다시 한 번 말해보라고."

평소와 다른 나의 태도에 곱슬머리는 주눅이 들어 선뜻 안주라고 말하지 못했다. 하지만 곧 질 수 없다는 듯 소리 높여 외쳤다.

"이 안주야!"

나는 단단히 그러쥔 주먹을 곱슬머리의 얼굴에 꽂았다. 그러곤 도망가지 못하게 더 단단히 멱살을 움켜쥐고 말했다.

"다시 한 번 말해봐."

곱슬머리는 얼굴을 일그러뜨린 채 말했다.

"안주."

또다시 주먹이 날아갔다.

"다시 한 번 말해봐."

"아, 안…, 으아앙~!"

결국 곱슬머리가 울음을 터뜨렸고, 그렇게 그 싸움은 끝이 났다. 전날 엄마는 나에게 말했다.

"누가 널 안주라고 부르면 걔 멱살을 딱 잡고 말해. '다시 한 번 말해봐.' 그래서 또 안주라 부르면 때려. 이렇게 안주라고 부르지 않을 때까지 때리는 거야."

그렇게 내 유치원 생활에 평화가 찾아왔다.

○

그로부터 30년 가까이 흐른 지금 비폭력 평화주의자가 되어 (정말입니다) 이 글을 쓰고 있자니 그 곱슬머리 친구에게 미안한 마음이 든다(정말입니다). 때려서 미안합니다. 그 언니의 동생에게도 말하고 싶다. 얼굴을 꼬집어 미안합니다.

얼마 전 엄마에게 물어보았다. 그때 왜 나에게 '다시 한 번 말해봐' 방법을 알려줬느냐고. 이런 대답이 돌아왔다.

"니가 진짜로 때릴 줄 몰랐지."

이런 무책임한 답변을 들려준 엄마는 지금 거실에 앉아 책을 읽고 있다. 이제는 눈이 따가워 책도 오래 못 보겠다며 자주 눈을 깜박거리고 이따금 눈을 감는다. 생각해보면 내가 책을 좋아하게 된 것도, 글을 쓰며 살고 싶다고 생각하게 된 것도, 편집자를 하게 된 것도 엄마의 영향인 듯하다. 팬티만 입고 분수머리를 한 채 넓은 이마로 바람을 가르던 천둥벌거숭이일 때도, 옷을 제대로 갖춰 입고 긴 머리를 하나로 묶은 채 찰랑찰랑 앞머리를 휘날릴 때도, 엄마가 나를 낳았을 때보다 더 나이를 먹은 지금도 늘 책 읽는 엄마를 보아왔고, 보고 있다. "책을 읽어라"라고 엄마는 한마디도 하지 않았지만 몸으로, 생활에서 항상 본보기를 보여주었다.

그래서 나는 지금도 '말'보다 '행동'의 힘을 믿는다. 누군가를 진정으로 변화시키고 싶다면 내가 먼저 변해야 함을, 누군가가 한 싫은 행동은 나의 또 다른 모습임을 엄마에게 배웠던 것이다. 다소 과격하긴 했지만, 엄마는 우리에게 나 자신을 지키는 법, 소중한 사람을 지키는 법을 제대로 몸에 새겨주었다고 생각한다. 엄마가 내 몸에 새겨준 이 하나의 선을 어떻게 이어서 어떤 모양을 만들어낼지는 이제 온전히 나의 손에 달렸다.

"또 만나자"

추석 이틀 뒤가 오빠의 기일이다. 명절이라고 북적거리는 다른 집과 달리 우리는 추석이 다가오면 오히려 추모의 분위기 속으로 침잠한다. '하필이면 명절 근처에…'라고 생각할 수도 있으나 사람이 때를 봐가며 '내일은 추석이니까, 설날이니까, 크리스마스니까 며칠만 참았다 죽어야지' 할 수는 없는 노릇이니 전국을 뒤덮은 즐거움과 흥분의 한가운데에서 슬픔을 견디는 건 어쨌든 남은 이들이 감당해야 할 몫이다.

추석 당일에는 대부분 마트가 문을 닫으므로, 추석 전날이나 추석 다음 날 산소에 가져갈 물품을 사러 간다. 나는 과자 담당이다. 오빠와 가장 자주 과자를 나눠 먹은 사람이 나고, 오빠와 과자를 두고 가장 많이 경쟁했던 사람 또한 나이며, 오빠의 과자 심부름을 가장 많이 다닌 사람도 나이기 때문이다. 오빠의 과자 취향을 가장 잘 아는 쫄따구로서 과자 구입에 투입된다.

초콜릿이 묻어 있는 다이제스티브, 롯데샌드, 촉촉한 초코칩, 썬칩 등을 장바구니에 담는다. '이게 요즘 인기래. 오빠도 한번 먹어봐'라는 심정으로 허니버터칩, 바나나맛 초코파이도 고른다. 오빠가 좋아했던 과자를 사며 문득 나의 죽음을 생각한다.

내가 죽으면 누군가가 지금의 나처럼 평소에 내가 좋아하던 것들을 사겠지. 우선 나는 감자를 좋아하니까 소금을 넣고 찐 찐감자를 가져오면 좋겠다. 과자는 파란색 포카칩 한 봉지면 되고, 손발이 노랗게 되도록 먹고 또 먹던 새콤달콤한 귤도 있으면 좋겠다. 소보로빵, 초콜릿, 투게더 바닐라맛….

근데 오빠는 왜 과자를 자기 책상 서랍에 숨겨뒀을까? 늦은 밤 슈퍼는 문을 닫고, 집에 주전부리는 없는데 배는 꼬르륵거리고 입이 심심해 몸부림칠 때면 오빠가 스윽 자기 방에 들어가 과자를 한 봉지씩 꺼내오곤 했다.

언젠가는 라면을 끓여 대령해오라기에 니가 끓여라, 네가 끓여라, 이번엔 니 차례다, 저번에도 내가 끓였다 티격태격하다 결국 내가 부엌 앞에 서게 되었다. 싱크대를 뒤지니 라면이 딱 한 개만 남아 있었다. "오빠, 라면 하나밖에 없는데? 내가 끓이니까 오빠가 얼른 가서 사와." 내 말을 들은 오빠는 회심의 미소를 지으며 자기 방으로 들어갔다. 나는 뭔가 음모의 냄새를 맡고 오빠를 따라 방에 들어갔다. 오빠는 맨 아래 책상 서랍을 열고는 라면을 꺼냈다. "이게 뭐야!" 책상 안에는 라면은 물론 과자, 초코바 따위가 잔뜩 들어 있었다. “치사한 인간 같으니. 내가 먹으면 얼마나 먹는다고!(사실 많이 먹긴 했습니다) 혼자 먹으니 맛있냐?” 나는 배신감에 치를 떨며 오빠를 흰 눈으로 째려보았다. 물론 오빠의 비밀곳간을 알게 된 후론 집에 아무도 없는 걸 확인한 후 몰래 훔쳐 먹긴 했지만.

산소에 도착하면 음식을 놓고, 술을 올리고, 먼저 부모님과 함께 할아버지 할머니께 절을 올린다. 그리고 나만 혼자 술을 올리고, 오빠한테 절을 한다. 오빠한테 절을 할 때마다 늘 내 머릿속에선 이런 대화가 오간다. “내 절 받으니까 좋으냐?” “어. 좋아. 고개를 더 깊이 숙여라. 좀 더 공손하게, 존경의 마음을 담아서 절을 하도록.” 거만하게 앉아서 나를 약 올리는 얼굴이 보이고, 목소리가 들린다.

음식을 펼쳐놓고 산소 앞에 있는 밭과 저 멀리 우뚝 솟은 산, 파랗디파란 하늘을 바라본다. 바람은 시원하지만 햇빛이 따가워 과자 위에 덮인 초콜릿이 녹기 시작한다. 파란 하늘을 날아다니는 잠자리를 눈으로 쫓다 문득 나의 죽음을 생각한다.

불과 몇 년 전까지만 해도 내가 죽으면 사람들이 슬퍼하길 바랐다. 나를 잃은 것에 가슴 아파하면 좋겠다고, 끊임없이 울고, 나에게 상처 준 것을, 나에게 잘못한 것을 뼈저리게 후회하면 좋겠다고 생각했다.

지금은 좀 다르다. 내 장례식이 열린다. 장례식장 문 밖에서부터 노랫소리와 사람들의 웃음소리가 들린다. 신발을 벗고 장례식장 안에 들어서면 최대한 예쁘게 나온 내 사진이 보인다. 그 사진을 보고 어떤 사람은 풋, 웃음을 터뜨리고, 어떤 사람은 저게 누구냐고 야유를 보낸다. 보정 너무 심하게 한 거 아니야, 내가 장례식장 잘못 찾아온 거 아니야 자기들끼리 쑥덕쑥덕 농담을 한다. 장례식장 안에는 내가 평생 팬이었던 가수, 우리 이승환 옹과 국카스텐의 노래가 울려 퍼진다. 음악을 들으며 사람들은 술을 마시고 이야기를 한다. 그때 안희주가 어떻게 했는데, 걔 표정이 진짜 웃겼어. 그때 진짜 바보 같지 않았냐? 그건 정말 부끄러웠지. 그래도 참 착하긴 했어. 나를 안주 삼아 수다도 떨고, 평소 잘 만나지 않았던 사람들이 나로 인해 오랜만에 만나 자신들이 살아온 이야기도 하면서. 그렇게 한바탕 놀다 갔으면 좋겠다. 웃으면서 날 보내주었으면 좋겠다.

몇 년 전의 나는 아마 사람들에게 상처 주고 싶었던 것 같다. 나를 해침으로써 내가 상처받았다는 걸 사람들에게 알리고 그들에게 더 큰 상처를 남기고 싶었던 것 같다. 나를 해침으로써 나를 더 많이 사랑해주지 않은 걸 후회하도록 만들고 싶었던 것 같다. 더 사랑받고 싶은 마음을 그렇게 표현했던 것 같다.

지금은 그저 나를 아꼈던 사람들이, 나를 사랑했던 사람들이, 나를 알았던 사람들이 내가 언제 어떻게 떠나더라도 너무 아파하지 않기를 바랄 뿐이다.

주섬주섬, 음식을 싸서 다시 가방에 담는다. 돗자리도 접고 마지막으로 인사를 한다. 오빠, 안녕. 또 만나자. 잘 놀고 있어. 돌아서서 집으로 향한다.

우리가 당연하게 일상적으로 사용하는 "안녕, 내일 보자"라는 말, "다녀오겠습니다"라는 말, "이따 만나"라는 말이 얼마나 부서지기 쉬운 것인지를 종종 떠올린다. 내일 보지 못할 수도 있고, 다니러 갔다 오지 못할 수도, 이따 만나지 못할 수도 있다. 당연한 이 말이 당연하지 않게 되는 순간이 벼락처럼 찾아온다. 그걸 마음에 새기고 사랑하는 사람들과의 만남을, 순간을 소중히 하자고 다짐한다. 물론 그렇다고 내일 당장 죽어도 후회 없을 정도로 하루하루를 충실하게 살지는 않는다. 나는 늘어져 있는 걸 좋아하고, 이불을 사랑하는 천생 게으름뱅이라 내일 당장 죽으면 안 되는데 싶을 만큼 허술한 하루하루를 보낸다.

그래도 때때로 번쩍 정신을 차리고 탓하는 말 대신 예쁜 마음이 담긴 말을 건네려고 노력한다. 번쩍번쩍 정신 차리는 시간이 잦아지면 내일 보지 못하게 되더라도, 다니러 갔다 오지 못하게 되더라도, 이따 만나지 못하더라도 후회가 아닌 추억이 남게 될 테니….

오빠, 안녕. 또 만나자. 잘 놀고 있어.

어른의 사랑이란

해가 바뀌고 나이를 한 살 더 먹으니 나를 바라보는 주변의 시선(특히 부모님의 시선)이 노골적으로 변하는 게 느껴진다. 이제는 만날 때가 됐지, 멀쩡하게 생겨서 왜 연애를 안 하는지 모르겠네(사실 멀쩡하지 않을지도 모르지요), 올해 만나야 마흔 전에는 결혼하고 애기도 낳고 살지 않겠니…. 이런 말과 눈빛과 태도가 수시로 여기저기에서 날아온다.

그래서 나도 생각이란 걸 해봤다. '사랑'에 대해. 그런데 참 곤란하게도 '사랑'이라는 것을 생각하면 할수록 알 수 없는 미궁에 빠진 것만 같다. 아, 덫에 걸린 기분이다.

나에게 '사랑'이란 생각만으로도 몸이 배배 꼬이고, 얼굴이 붉어지고, 고개를 외로 틀게 만드는 무엇이다(도대체 뭘 생각하는 거냐!). 상대의 눈을 보며 "사랑해요, 보고 싶어요"라고 말할 수 없는 형태의 인간으로 자라났달까. 그렇다 보니 당연히 사랑을 주는 것도, 받는 것도, 표현하는 것도 서툴다. 서툰 게 한두 가지가 아니지만 서툼 서열 1, 2위를 다투는 분야임에는 틀림없다.

여기저기서 사랑의 아름다움을 이야기하고, 사랑을 해야 한다 부르짖고, 내 마음속에도 분명 사랑이라 부를 만한 것이 자리 잡고 있으나(정말!) 그 사랑이란 게 정확히 무엇인지 잘 모르겠다. '그냥 좋은 게 좋은 거지, 그게 사랑이지'라고 하기엔 좀 더 복잡하고 오묘하다는 걸, 하나의 감정이 아닌 우리가 미처 이름 붙이지 못한 여러 감정의 복합체라는 걸, 그래서 '이게 사랑이야?'라는 것도 '설마 이게 사랑은 아니겠지' 싶은 것도 실은 모두 다 사랑이라는 걸 지금까지 살아오면서 어렴풋이 알게 되었고, 그렇기 때문에 사랑을 더 모르게 되어버린 것이다. 정말이지 사랑이란 도대체 뭘까?

80년대 후반, 나도 사랑이란 걸 했다. 그때의 내 사랑은, 고작 아홉 살이었던 나의 사랑은 굉장히 저돌적이었다. 앞뒤 가리지 않고 마음을 몰아붙이는, 나는 이렇게 너를 사랑하는데 너는 왜 나를 사랑하지 않느냐 떼를 쓰는 어린 사랑이었다. 사랑을 받는 상대의 입장과 마음을 들여다보기엔 아직 미숙한 아이의 사랑이었다. 그리고 그 어린 사랑은 내게 평생 지워지지 않는 상처를 남겼다.

당시 내가 사랑을 쏟아부은 대상은 우리 집에서 키우던 진돗개 '짱아'였다. '저리 어린 꼬마가 교회 오빠 혹은 같은 반 친구를 짝사랑하다 비참하게 차였다'고 생각하신 분들이 계시다면 죄송하지만 그때 짱아는 학교까지 오빠와 나를 졸졸 따라오고, 집에 돌아오면 가장 먼저 달려와 꼬리를 흔드는 사랑하는 우리 가족이었다. 그래서 오빠와 나는 짱아가 내 개니 니 개니 소유권 전쟁을 벌였고, 짱아에게 사랑받기 위해 최선의 노력을 다했으며, 그럼에도 짱아가 맨날 예뻐해 주고 놀아주는 우리보다 개를 별로 좋아하지 않는 엄마를, 밥을 준다는 이유로 더 좋아할 땐 깊은 질투심과 상실감에 사로잡히곤 했다. 그러니 이 또한 사랑이 아니고 무엇이었겠는가!

그날도 평소와 다름이 없었다. 학교에 다녀온 나는 책가방을 방 안에 던져두고 곧장 짱아에게 달려갔다. 짱아는 공장(그때 아빠는 알루미늄 새시 공장을 운영하고 있었다) 사무실 한편에 엎드려 있었다. 그때 알아봤어야 했다. 평소와 다르게 짱아가 꼬리를 흔들며 나를 반겨주지 않았다는 것을. 하지만 짱아를 향한 애정에 눈이 먼 나는 엎드린 짱아에게 돌진했다. 등에 올라타다시피 앉아서는 짱아 목에 매달려 귀엽다고 얼굴을 부비고, 머리를 쓰다듬었다. 그때 알아챘어야 했다. 평소와 다르게 짱아가 몸을 버둥거리며 나에게서 벗어나려 했다는 것을. 하지만 넘쳐흐르는 애정을 표현하는 데만 골몰해 있던 나는 짱아의 목을 잡고 놓아주지 않았다. 그러다 결국 사달이 났다.

한동안 나는 무슨 일이 벌어졌는지 인지하지 못했다. "왕!" 짱아의 굵직한 울음소리가 들렸고, 내 얼굴로 달려드는 짱아의 입이 보이더니, 오른쪽 뺨에 뜨끈한 무언가가 흘러내리고 있었다. 손을 들어 볼을 만져봤다. 붉은 피가 묻어 있었다. 피를 본 순간 아픔과 동시에 두려움이 몰려왔다. "우아아아앙!" 나는 큰 소리로 울기 시작했다. 옆에 있던 아빠가 나를 번쩍 안아 올려 짱아에게서 멀찍이 떼어놓았고, 그 옆에 있던 엄마는 빗자루를 찾아 들고 짱아를 내쫓았다.

갑자기 공장 안이 소란스러워졌다. 우는 나를 달래고, 병원에 가기 위해 서둘러 자동차 열쇠를 찾는 와중에 공장에서 함께 일하던 한 아저씨가 말했다.

"그거 흉 안 지려면 개털을 불에 지져서 물린 데 붙여야 하는데…."

그 말을 들은 엄마는 가위를 찾아 들고 다시 짱아를 쫓아갔다. 심상치 않은 분위기를 감지하고는 붙잡히지 않기 위해 요리조리 도망 다니던 짱아는 결국 엄마 손에 검거되었다. 엄마는 짱아의 털을 가위로 싹둑 잘라내고는 라이터를 켜 털을 지졌다. 아직도 기억난다. 라이터의 줄날 바퀴를 몇 번이나 돌리던 엄마의 손, 뿌옇게 퍼져 나온 연기 속에 희미하게 배어 있던 매캐하고 꼬릿꼬릿한 그 냄새가.

그렇게 개털을 얼굴에 붙이고 병원에 도착했다. 상처를 들여다본 의사는 어이없다는 표정으로 말했다.

"개털은 왜 붙이셨어요? 감염 위험이 있어서 이렇게 하면 안 된다고요!"

결국 나는 얼굴을 네 바늘 꿰매고 병원을 나섰다. 집에 돌아온 엄마는 아직도 분이 풀리지 않았는지 다시 빗자루를 집어 들고 짱아에게 돌진했다. 애 얼굴을 저렇게 만들어놓으면 어떡하느냐고 소리치면서. 깨갱거리는 짱아의 비명을 내가 들었던가, 듣지 못했던가…. 짱아를 정리한 후 엄마는 나에게도 달려왔다. 이젠 니 차례라는 듯, 아픈 개를 그냥 내버려 둬야지 그렇게 못살게 굴면 어떡하느냐고, 말 못 하는 짐승이 얼마나 괴로웠겠냐고, 짱아가 진짜로 마음먹고 물었으면 네 얼굴은 남아나지 않았을 거라고, 그나마 스쳤으니 얼마나 다행이냐고, 혼을 내셨다.

그렇다. 사실 짱아는 그날 아팠다고 한다. 아침부터 비실비실, 밥도 먹지 않고 그렇게 하염없이 엎드려 있었다고 한다. 혼자서 고통을 참고, 몸이 회복되길 기다리고 있었다고 한다. 그런데 어디서 망나니가 한 명 달려와 아픈 몸을 흔들며 들러붙어 있었으니 평화는 깨지고 아픔은 배가 되었으리라.

그래, 나에겐 사랑이었으나 상대에겐 고통이었겠다. 그래, 나는 함께 있고 싶었으나 상대는 홀로 견디고 싶었겠다. 그래, 내 마음이 상대에게 폭력이 되었을 수도 있었겠다. 그래, 결국 사랑의 끝은 파국…(아, 이건 아닌가?).

지금도 오른쪽 광대 부근에 그때의 상처 자국이 남아 있다. 꿰맨 흔적이 비교적 분명하게, 동그란 이빨 자국 두 개가 비교적 희미하게. 이 상처는 아마 평생 지워지지 않겠지.

그때는 몰랐지만 지금 와 돌이켜보면 내 사랑이 상대에게는 사랑으로 받아들여지지 않을 수 있음을, 결국 사랑이란 자기만족일 뿐일 수 있음을 처음 깨달은 게 바로 그때였다는 생각이 든다. 내가 주고 싶은 모습으로 주는 게 아닌, 상대가 받고 싶은 모습으로 주는 게 사랑임을 그때 알았던 것 같다.

입안에서 사탕을 이리저리 굴려보듯 머릿속에서 사랑이란 단어를 이리저리 굴려보았더니 결국 여기에까지 이르렀다. 어쩌면 사랑은 사람마다 다른 모양을 띠는 것은 아닌지. 생김이 다르고 성격이 다른 것처럼 그들이 주고 싶은 사랑, 받고 싶은 사랑이 저마다 다른 것은 아닌지. 같은 사랑을 주어도 누군가는 넘친다 불평하고 누군가는 모자란다 불평하는 것은 아닌지. 그리하여 이 사람에게는 이런 사랑을, 저 사람에게는 저런 사랑을 주어야 하는 것은 아닌지. 결국은 상대가 어떤 사랑을 주고받고 싶은 사람인지 아는 게 중요한 것은 아닌지. 그리고 그건 상대를 향한 끊임없는 관심에서 비롯되는 것은 아닌지.

물론 내 욕망도 무시할 수는 없기에 때로는 내가 주고 싶은 방

식으로 마음을 밀어붙이기도 할 것이다. 어제까지는 괜찮았는데 오늘은 싫어지기도 할 것이다. 상대가 바라는 것을 알면서도 아니 알기 때문에 더 주기 싫은 심술궂은 마음이 불쑥불쑥 솟아오르기도 할 것이다. 이러니 사랑을 주고받는 일이란 어려울 수밖에(인간적으로 변수가 너무 많지 않습니까!). 어른이 되면 뭐든 수월해질 줄 알았는데 여전히 어려운 일 천지다.

아아, 아직도 덫에 걸린 기분이다.

말하지 않으면 모른다

"말하지 않아도 알아요, 눈빛만 보아도 알아, 그냥 바라보면, 음~ 마음속에 있다는 걸."

이런 시엠송이 있었다. 한 아이가 환자복을 입은 친구에게 '情' 이라고 쓰인 초코파이 봉지를 건네는 순간 흘러나오던 노래. 한 번 들으면 따라 하지 않고는 못 배기는, 하루 종일 나도 모르게 흥얼거리게 되는, 이제 좀 그만 부르고 싶은데 잠들기 전까지 좀비처럼 끈질기게 따라붙는 그런 노래….

귓가에 달라붙어 쉽게 떨쳐버릴 수 없던 이 노래 때문이었을까. 아니면 세상의 통념을 내면화한 결과였을까. 그동안 나는 내가 굳이 말하지 않아도 상대방이 '내 마음을 알아요, 눈빛만 보아도 알아요'일 거라 믿으며 살아왔다. 어쩌면 믿음이 아니라 동경이었는지도 모르겠다. 눈빛만 보고도 내가 무엇을 좋아하고 싫어하는지, 왜 지금 화가 났는지 왜 웃는지 딱 알아채고는 좋아하는 걸 대령하거나 싫어하는 행동을 하지 않거나 함께 화내거나 웃는 그런 관계를 꿈꿔왔는지도. 무의식중에 '말하지 않아도 통하는 사이'가 관계가 도달할 수 있는 가장 좋은, 가장 높은 단계라 생각하면서.

어렸을 때, 나는 늘 뚱뚱하고 못생긴 아이였다. 내 생각엔 비록 살집이 좀 있긴 했으나 그래도 뜯어보면, 자세히 잘 뜯어보면, 요기조기 귀여운 구석이 붙어 있는 그런 아이였는데도 오빠는 항상 나를 보며 "못생긴 게", "돼지 같아", "넌 뭘 입어도 안 어울려"라고 놀려댔다. "오빠는 뭐 잘났냐? 너도 못생기고, 돼지 같고, 뭘 입어도 안 어울린다!"라고 되받아쳐주고 싶었지만 키가 크고 마른 체형인 오빠에게는 돼지 같다 할 수 없었고, 엄마가 사다주는 옷은 아무거나 덥석덥석 받아 입는 나와 달리 자신이 입을 옷은 까다롭게 직접 골라 멋들어지게 착용하고 마음에 들지 않는 옷은 절대 입지 않는 오빠에게는 뭘 입어도 안 어울린다는 말 또한 할 수 없었다. 그래서 분하게도(!) "오빠나 나나 아빠 닮았다니까 내가 못생기면 오빠도 못생긴 거다!"라고 바람 빠진 풍선 같은 심심한 반격을 가할 수밖에 없었다(아, 이건 결국 아빠를 욕보인 건가? 죄송합니다). 가슴속에 차오른 이 약오름, 수치심, 분노를 오빠에게 배로 갚아주고자 아무리 발버둥을 쳐도 오빠는 여유로운 미소를 띤 채 가소롭다는 듯 콧방귀만 뀌어댔다. 그리고 덧붙였다. "밖에서 나 아는 척하지 마. 창피하니까. 옆에 오지도 마."

중학교 3학년 때였을 것이다. 수업이 끝나고 친구와 함께 집에 돌아가는 중이었다. 우리는 별것도 아닌 일에 깔깔거리며 횡단보도 앞에 서서 보행 신호가 떨어지길 기다렸다. 빨간불이 파란불로 바뀌고 길을 건넜다. 반대편에 다다르자 친구가 말했다.

"방금 지나간 사람 너네 오빠 아니야?"

"맞아."

"근데 왜 아는 척 안 해?"

"몰라. 아는 척하지 말래."

그랬다. 횡단보도 앞에 서서 친구와 웃고 있을 때 나는 길 반대편에 서 있는 오빠를 발견했다. 오빠도 나를 봤고 짧은 순간 눈이 마주쳤다. 나를 알아본 오빠는 슬쩍 눈길을 돌리고는, 불이 바뀌자 성큼성큼 우리를 지나쳐 가버렸다. 어쩌면 나는 조금 절망했던 것 같다. 어쩌면 조금 상처 입었던 것도 같다. 뭐야, 진짜 아는 척 안 하네. 내가 그렇게 부끄러운가? 뚱뚱하고 못생겨서?

당시 우리 반에는 이런 소문이 돌고 있었다. "희주네 오빠 잘생겼대!" 한 친구의 입에서 시작된 이 말은 반 전체로 퍼져 나가며 점점

"희주네 오빠 잘생겼어!"로 굳어갔다. 처음 그 말을 들었을 때 난 코웃음을 쳤다. 누가 잘생겼다고? 우리 오빠가? 그다음엔 의심이 고개를 들었다. 우리 오빠 본 사람이 많지 않을 텐데…. 다른 사람이랑 착각한 거 아니야? 그리고 또 다른 의심이 찾아왔다. 그런가? 우리 오빠가 잘생긴 건가? 마지막으로 인정이 슬몃슬몃 피어올랐다. "아니야, 우리 오빠 잘생기지 않았어." 말은 그렇게 하면서도 속으로는 그 상황을 즐기는 내가 있었다.

그래, 이제 와 고백건대 나는 오빠를 자랑스러워했다. 우리 오빠가 친구들의 관심을 받고, 그 관심이 나에게로 이어져 호의와 친절로 변화하는 과정은 내 어깨를 한껏 추켜올리기에 충분했다. 그래, 솔직히 고백건대 나는 오빠를 좋아했다. 산 넘어 논으로 들로 개구리를 잡으러 다녔던 것도, 방 안에서 풍선으로 배구 시합을 벌였던 것도, 누가 껌 많이 씹나 혹은 누가 물 더 많이 마시나 같은 시답잖은 내기를 했던 것도, 영화나 드라마를 보며 낄낄거렸던 것도 다 재밌어서 오빠가 나를 떼놓고 혼자 놀러 나가기라도 하면 토라져 입을 삐죽거렸을 정도로. 그러다가도 오빠가 집에 돌아오면 언제 토라졌었냐는 듯 슬금슬금 다시 다가

갔을 정도로. 그런데 그런 오빠가 날 외면하고 뚜벅뚜벅 걸어간 것이다. 서운하고 또 서운했다.

고등학교 3학년 땐 이런 일도 있었다. 당시 수시를 준비하던 나는 어찌하다 보니 우리나라에서 가장 똑똑한 사람들만 간다는 S대에 입학원서를 넣게 되었고, 또 어찌하다 보니 1차 논술 시험에 합격하게 되었다. 2차는 면접이었는데, '오등(吾等)은 자(玆)에 아(我), 조선(朝鮮)의 독립국(獨立國)임과…'로 시작하는 〈기미독립선언서〉를 나눠주고는 그와 관련된 질문을 던졌던 것이 기억난다. 종이에 인쇄된 〈기미독립선언서〉가 눈앞에서 뱅글뱅글 돌았다. '난 떨어졌구나' 직감할 수 있었다. 면접장에 들어갔다 나온 시간은 채 5분이 안 되었을 것이다. 뭐라고 했는지까지는 기억나지 않지만 질문과 상관없는 대답을 바보처럼 웅얼거리다 쫓기듯 문을 나선 것만은 생생히 기억한다. 슬픈 예감은 틀리지 않듯 결과는 불합격.

면접에서 떨어졌다는 소식을 접한 그날 우울한 얼굴로 방에 앉아 있던 내게 오빠가 다가왔다.

"너 면접 떨어졌다며?"

"어."

"니가 왜 떨어졌는지 아냐?"

"몰라. 왜 떨어진 건데?"

"얼굴 때문이잖아. 못생겨서 떨어진 거야. 앞으론 면접 안 보는 데로만 골라서 가."

"뭐야, 그런 거였어?"

"그래, 그런 거였어."

나는 끌어안고 있던 베개를 들고 오빠의 등짝을 내리쳤다. 그렇게 맞으면서도 오빠는 뭐가 그리 재밌는지 낄낄대기만 했다.

2001년 봄, 그러니까 오빠가 떠난 지 7개월 정도 지났을 때 '길걷이'라는 걸 했다. '죽은 이의 영혼을 좋은 세상으로 인도하는 의식'이라고 했다. '젊은 나이에 갑자기 죽은 이가 세상에 한을 남기지 않도록 위로하는 의식'이라고도 했다. 나는 머리가 나빠 그런지 그 모든 과정을 세세히 기억하지 못한다. 수유리의 한 재래시장, 물에 젖어 번들거리던 시장 바닥과 천막에 매달려 주홍색 빛을 흩뿌리던 백열등, 비현실적으로 번쩍번쩍 빛나던 금빛 불상, 하얗다 못해 푸르러 보이던 버선, 사람이라곤 찾아볼 수 없던 서천의 한 바닷가, 늦은 오후 바다에서 불어오던 더운 바람, 모래 사이에서 피어오르던 연기…. 선명하게 기억나는 장면도 있다.

길건이가 끝나갈 즈음이었으리라. 알 수 없는 말을 웅얼거리던 무당이 갑자기 내 손을 꼭 잡았다. 다른 한 손으로 손등을 쓰다듬었다. 필사적으로 울음을 참고 있던 나를, 내 눈을 깊이깊이 들여다보았다. 그리고 말했다.

"사랑하는 내 동생 희주…, 미안하다. 내 대신 엄마, 아빠 잘 보살펴드려."

오빠가 살아 있었다면 절대 하지 않았을 그 말을 다른 사람의 입을 통해 듣는 순간 참았던 눈물이 터지고 말았다. 그런 걸 믿느냐고, 다 미신이라고 치부한다면 아무것도 아닌 말이라는 것쯤은 그래, 나도 알고 있다. 하지만 나는 믿고 싶었다. 오빠가, 갑자기 가버린 오빠가 나에게 남긴 마지막 말이라고. 그리고 나는 알고 있었다. 그게 살아생전 한 번도 전하지 않았던 오빠의 진심이라는 걸.

S대 면접에 떨어지고 얼마 지나지 않아 오빠의 여자친구와 통화할 기회가 생겼다. 방 안에서 소곤소곤, 키득키득거리는 소리가 들려와 들어가 봤더니 오빠가 여자친구랑 통화를 하고 있었다. 무슨 바람이 불었는지 나를 보고는 말했다.

"전화 바꿔줄까? 여자친구랑 인사할래?"

"그래."

나는 덥석 전화를 받았다. 오빠가 좋아한다는 사람이, 지갑에 넣어 다니던 사진의 주인공이, 반듯하고 고운 그 언니가 내심 궁금하던 터였다.

"여보세요?"

"희주 씨. 안녕하세요. 그동안 오빠한테 얘기 많이 들었어요."

"네, 안녕하세요. 오빠가 맨날 저 욕하죠?"

"아뇨. 오빠가 얼마나 자랑을 많이 하는데요. 자기 동생은 학교, 집, 독서실밖에 모른다고, 공부도 잘하고 참 착하다고. S대도 1차까지 붙었다고. 자랑 많이 했어요."

"그럴 리가 없을 텐데…."

나는 믿을 수 없다는 표정으로 오빠를 돌아봤다. 오빠는 '뭐? 왜?'라는 눈빛으로 나를 쳐다봤다.

오빠의 그 눈빛, 오빠가 했다던 말, 나를 놀리던 목소리, 사랑하는 내 동생 희주, 이 모든 게 더운 바람이 불어오는 서천의 그 바닷가를 둥둥 떠다녔다. 그리고 그렇게 오빠는 우리를 두고 성큼성큼, 뚜벅뚜벅 가버렸다.

종종, 자주 생각했다. 오빠가 살아 있었을 때, 얼굴을 보고 목소리를 듣고 손을 만질 수 있었을 때 나는 오빠가 좋아, 오빠가 자랑스러워 말했다면 얼마나 좋았을까. 오빠가 나에게 직접 사랑하는 내 동생이라고 말해주었다면 얼마나 좋았을까. 굳이 말하지 않아도 오빠는 알 거야, 지레짐작하지 않고 정확한 내 마음을 좀 더 자주 표현했더라면 얼마나 좋았을까. 그래, 앞으로는 이런 후회를 남기지 않도록 주변 사람들에게 더 많이 표현하자.

목소리만 듣고도 나의 감정 상태와 생각을 읽어낼 수 있는 초능력자는 없다. 내가 말하지 않아도 알아서 내 입맛에 맞게 착착 일을 해놓는 사람도 없다. 표현하지 않는데 날 사랑하겠거니 짐작하는 사람도 없다. 말하지 않으면 모른다. 의사는 전달해야 하고, 마음은 표현해야 하고, 대화는 나누어야 한다. 짐작만으로는 한계가 있다. 틀릴 가능성이 높을 뿐 아니라 잘못된 짐작은 쌓이고 쌓여서 잘못된 길을 만든다. 그 길로 뚜벅뚜벅 걷다 보면 돌아오기 어려워진다. 곧잘 의심이 고개를 든다. 이게 맞는 거겠지? 내가 제대로 가고 있는 거겠지? 불안이 싹튼다. 말을 하면, 표현하면, 대화하면 헤매지 않는다. 오해가, 서운함이, 원망이 줄어든다.

나는 쑥스러워서, 부끄러워서, 민망해서 감정을 잘 표현하지 못하고, 바보처럼 보일까 봐, 상대방의 심기를 거스를까 봐, 이상한 애로 여겨질까 봐 머릿속에 떠오른 생각을 입 밖에 내길 주저하는 사람이다. 그래도 안간힘 쓰며 노력하고 있다. 솔직히, 내 마음과 생각이 상대에게 가닿기를 바라며. 사랑한다, 좋아한다, 고맙다, 미안하다, 잘못했다, 말하려 한다. 물론 지금도 결정적인 순간엔 입을 닫고 침묵하긴 하지만.

애쓰고 있는 중이다.

2부

우아함과 비속함의 경계에서

우리 집은 어릴 때 식사 예절만큼은 철저히 가르쳤다.

밥은 왼쪽 국은 오른쪽. 어른보다 먼저 숟가락 들지 말 것. 숟가락과 젓가락을 함께 들지 말 것. 음식을 씹을 때 쩝쩝 소리 내지 말 것. 밥 먹을 땐 이야기하지 말 것. 노래를 부르지도 책을 읽지도 말 것. 밥 먹을 땐 밥만 먹을 것. 국그릇을 들고 국을 마시지 말 것. 음식 뒤적거리며 골라 먹지 말 것. 밥그릇 위에 수저 걸쳐놓지 말 것. 국그릇에 숟가락 담가놓지 말 것. 음식 남기지 말 것. 음식 흘리지 말 것. 젓가락질 제대로 할 것. 밥상에 팔꿈치 올려놓지 말 것. 밥 다 먹었다고 먼저 일어나지 말고 어른이 식사 끝낼 때까지 기다릴 것.

네 식구가 머리를 맞대고 앉은 동그란 밥상 위에 무수한 '하지 말 것'과 '할 것'이 떠다녔다. 고삐 풀린 망아지처럼 뛰어놀던 오빠와 나에게 이 식사 예절이란 우리를 밥상 다리에 매어놓는 고삐와 같았고, 꼬투리 삼아 서로를 공격하기 딱 좋은 빌미가 되었다. "야, 쩝쩝거리지 마." "내가 언제?" "지금 쩝쩝거렸잖아." "오빠나 쩝쩝거리지 마." "난 안 쩝쩝거렸는데?" "아까 쩝쩝거렸어." "웃기시네." "안 웃긴데?" "오빠 밥 다 안 먹었어." "다 먹었는데?" "거기 구석에 밥풀 하나 남았는데?" "이

씨.” 그렇게 우리는 밥상 위에 떠다니는 ‘하지 말 것’을 낚아채 칼과 창, 화살로 삼고는 찌르고 던지고 쏘며 작은 전쟁을 벌이기 바빴다.

내가 네 살부터 열두 살까지 산 그 집은, 종종 오빠와 나의 전쟁터, 엄마와 아빠의 전쟁터가 되었던 그 집은 일종의 나가야(長屋)였다. 사전을 찾아보면 ‘칸을 막아서 여러 가구가 살 수 있도록 길게 만든 집’이라고 나오는데, 쉽게 말하면 기다란 롤케이크를 몇 덩어리로 잘라 각각의 덩어리에 한 가구씩 출입문을 따로 두고 사는 형태였다. 미닫이식 출입문을 열면 바닥에 시멘트를 바른 부엌이 나오고, 부엌에서 신발을 벗고 올라가면 방이 하나 딸려 있는 구조였다. 우리 집은 이렇게 붙어 있는 다섯 집 중 제일 가운데였고, 집 뒤 공터에 방을 하나 더 만들고 벽을 세워 알루미늄 새시 공장을 운영했다. 마지막 집 옆에는 다섯 집이 공동으로 사용하는 화장실이, 나무로 지어진 재래식 화장실이 자리 잡고 있었다.

결코 청결하다고 할 수 없는 환경이었다. 엄마는 깔끔한 성격이라 매일 쓸고 닦고 주변을 정리했지만 밤이면 우다다다다 천장을 뛰어다니는 쥐들을, 밤새 동그란 알뜨랑 비누를 발톱으로 긁어대는 쥐들을 어쩌진 못했다. 부엌 찬장, 우리 방 벽과 안방 장판 밑을 돌아다니는 바퀴벌레, 집게벌레, 돈벌레를 어쩌지 못했다. 게다가 쥐처럼 검은 눈을 빛내며 우다다다다 뛰어다니던 나를, 씻으라고 하면 대충 물 칠만 하거나 안 씻는, 씻자고 하면 몸을 배배 꼬며 도망 다니는 나를 때때로 어쩌지 못했다.

따뜻한 물은 끓여야만 얻을 수 있는 것이었다. 수도꼭지를 돌리면 나오는 게 아니었다. 여름에는 찬물도 그럭저럭 견딜 만했지만 봄, 가을, 아침에 일어나 부엌 수돗가에 나가면 대야에 받아둔 물이 꽝꽝 얼어 있던 겨울에는 찬물을 살에 대는 게 고통스러웠다. 목욕은 해야겠는데 내가 너무 싫어하면 엄마는 내 손을 잡고 목욕탕으로 향했다. 아파서 자꾸만 몸을 뒤로 빼는 나를 잡아서 끌어오고 잡아서 돌려세우며 엄마는 내 몸을 때타월로 벅벅벅 문질렀다. 때타월이 지나간 자리로 묵혀둔 검은 때가 후두둑후두둑 떨어져 내렸다. 양 볼을 붉게 물들인 채 빨대 꽂은 요구르트 혹은 딸기우유를 한 손에 쥐고 의기양양 집으로 돌아오면 땟국 흐르는 꾀죄죄한 모습으로 돌아가는 건 반나절도 걸리지 않았다.

"오빠, 자?" "왜?" "일어나봐." "아, 왜?" "나 화장실 가고 싶어." 해가 진 뒤 화장실은 절대 혼자 갈 수 없는 곳이었다. 특히나 12시가 넘었다면, 자다 깼는데 주변은 온통 깜깜하고 사람들은 모두 잠들어 있다면, 아침까지 참아볼까 싶지만 그럴 수 없다면 어쩔 수 없이 옆에서 자고 있는 오빠를 깨워야 했다. 단잠을 자다 불려 나가는 쪽은 짜증이 나지만 나중을 위해 빨간 손전등을 챙겨 들고 따라나설 수밖에 없었다.

끼이익, 낮은 비명 같은 소리를 내며 열리는 화장실 문은 조금만 바람이 불어도 덜컹덜컹 심하게 흔들렸고, 화장실 네 귀퉁이에는 항상 어른 엄지손톱만 한 거미가 뿌연 거미줄 속에 들어앉아 나를 노려보고 있었다. 늘 눅눅한 어둠이 고여 있던 곳, 늘 심한 악취가 풍겨오던 곳, 그곳을 지나가는 어른들이 늘 침을 뱉던 곳, 시각 청각 후각 촉각 모든 감각이 두려움에 덜덜 떨던 곳. "오빠." "왜?" "먼저 가면 안 돼." "안 가. 빨리 나오기나 해." "오빠." "아, 왜?" "노래 불러줘." "죽을래?" 밖에서 아무런 소리가 들려오지 않으면 오빠가 나를 두고 간 건 아닌가 싶어 불안했다. 그래서 자꾸 오빠를 불러댔다. 오빠도 마찬가지였다. 밖에서 내가 아무런 소리도 내지 않으면 계속 "안희주, 안희주" 불러댔다. 안에 들어가 있는 사람의 두려움을 알았기에 그 두려움이 진짜라는 걸 알았기에 누구도 섣불리 장난을 칠 수 없었다. 최대한 숨을 참으며 고개를 반대로 돌린 채 손전등을 화장실 쪽에 대고 흔들거나 흥얼흥얼 노래를 불러주었다. 화장실 나무 문 틈으로 새어 들어오던 불빛이, 노랫소리가 잠시나마 서로의 두려움을 걷어가 주었다.

밥을 먹다 종종 쩝쩝거리는 소리가 거슬리면, 빨리 나가야 한다고 부모님보다 먼저 숟가락을 들고 먼저 자리에서 일어나면, 어느새 식탁 위에 팔꿈치를 올리고 있으면 어린 시절 그 밥상 위가 떠오른다. 그게 뭐 그리 대단하다고, 그게 뭐 그리 중요하다고 우리는 작은 소리 하나에, 작은 밥풀 하나에 그토록 예민하게 굴었을까. 새벽에 일어나 환하고 깨끗하고 따뜻한 화장실에 들어설 때면 종종 어린 시절 그 화장실이 떠오른다. 꼭지를 위로 들어 올리기만 하면 따뜻한 물이 콸콸 쏟아지는 집에서 매일 샤워할 때면 찬물밖에 나오지 않던 그 집이, 외부 온도와 별 차이 없었던 그 부엌이, 추워서, 물 끓이기 귀찮아서 제대로 씻지 않았던 내가 떠오른다. 인간이란 참 간사해서 이제는 못 갈 것 같은, 아니 절대로 가기 싫은 화장실과 다시는 살고 싶지 않은 그 집이.

그건 자존심 같은 것 아니었을까? "그래도 사람들이 우리한텐 함부로 못 했어." 아빠가 옛이야기를 꺼낼 때면 단골로 따라붙는 저 말이 밥상 위에 그 근거를 두고 있던 건 아니었을까? 고삐 풀린 망아지 두 마리가 칼과 창과 화살로 사용한 그 무수한 '하지 말 것'이 사실은 아빠의 자존심을 지키는 갑옷이자 방패였던 건 아니었을까? 내 비록 이렇게 힘들게 살고 있지만, 우리 가족이 엉덩이 붙이고 앉아 있는 환경은 이렇듯 누추하지만 정신만은 저 높고 맑은 곳에 있음을 증명하기 위한 몸부림 같은 건 아니었을까? 요즘 들어 자꾸 그런 생각이 든다.

내가 생각하는 나와 진짜 내가 다를 때가 있다. 내가 바라는 나의 모습, 내가 되고 싶은 나의 모습을 진짜 나라고 착각할 때. 생각이 내가 하는 행동, 내가 내뱉은 말과 어긋날 때. 생각이 행동을, 말을 배신할 때. 대개는 그 순간을 깨닫지 못하거나 깨닫더라도 애써 무시하며 살아간다. 그걸 인정하는 순간 깊고 어두운 절망 속으로 굴러떨어질 것을 알기 때문에.

나는 내가 굉장히 논리적이고, 차분하고, 화를 내지 않고, 신중하고, 책임감이 강하고, 욕심이 없고, 따뜻하고, 남의 말을 잘 들어 주는 사람이라고 생각했다. 가끔은 그렇지만 대부분은 그렇지 않았다. 가끔은 생각과 행동과 말이 일치해 기뻤지만 대부분 생각과 행동과 말이 어긋나 나를 혼란에 빠뜨렸다. 내가 왜 이러지? 이러지 마. 정신 차려. 이건 네가 아니야. 환상을 긍정하고 진짜 나를 부정하는 일이 반복됐다. 환상을 따라가려고 발버둥 치다 보니 제풀에 지쳐버렸다. 힘이 들었다. 그래서 몹시 힘들던 어느 날 그냥 나를 인정하기로 마음먹었다. 그래, 넌 그런 애야. 논리적이지 않고, 까불고, 작은 일에 버럭 하고, 이기적이고, 매정하고, 욕심 사납고, 남의 말을 잘 듣지 않고, 내가 듣고 싶은 말만 듣고, 금방 포기하는 사람. 그러자 마음이 편해졌다. 진짜 내가 어떤 사람인지 아직도 잘 모르긴 하지만 그래도 내가 제일 편할 때가 언제인지 찾고 보니 어렴풋이 '나'라는 사람이 그려졌다. 환상 속의 나는 새끼줄에 잘 꼬아 밥상 위에 매달아 놓고 밥 한 번 먹고 쳐다보고, 밥 한 번 먹고 쳐다본다. 기다려. 지금은 이렇게 살고 있지만 열심히 노력해서 너처럼 될 테니까.

사람은 누구나 좀 더 편안한 삶, 좀 더 깨끗한 삶, 좀 더 고귀한 삶, 좀 더 반짝반짝 빛나는 삶을 꿈꿀 터이다. 그런 삶으로 가기 위해 무수한 '하지 말 것'과 '할 것' 목록을 작성해 열심히 지켜나가겠지. 현실과 환상, 현실과 이상 사이를 부지런히 오가며. 예전엔 못된 마음에 누군가가 걸어놓은 환상을 확 떼어내 저 멀리 던져버리고 네 현실을 보라고, 네 민낯을 보라고 말해주곤 했다. 그게 최선이라고, 지금 어디에 어떤 모습으로 서 있는지를 똑바로 알아야 바른길을 갈 수 있다고 그렇게 생각했다. 모든 걸 까발리고 바닥을 드러내고 싶었다. 지금도 그런 마음이 아주 없어진 건 아니지만 그 사람이 원치 않으면 덮어두는 것도, 지켜주는 것도 중요하다는 걸 알게 되었다. 사람은 모두 자신이 믿고 의지할 동아줄 하나쯤은 가지고 산다는 걸, 그래야 한다는 걸 알게 되었다. 건드리지 말아야 할, 영혼의 생명줄 같은 것이 있다는 걸 알게 되었다.

몸담고 있는 환경이 누추하다고 해서, 처한 현실이 절망적이라고 해서 그 안에서 살아가고 있는 사람이, 생명이 누추하거나 쓸모없는 건 아니다. 그 모든 사람은, 생명은 고귀하고 아름답고 반짝반짝 빛이 난다.

그 집으로 다시 돌아가라고 한다면 조금도 망설이지 않고 싫다고 대답하겠지만 그곳에서 살았던 시간은 내게 절대 버릴 수 없는 소중한 추억이 되었다. 반짝반짝 빛나는 추억. 앞으로 내가 살아가는 데 힘이 되어줄 추억. 어려움 속에서, 고통 속에서 나를 보호해줄 추억. 모두 저마다의 갑옷과 방패를 지니고 굳세게 살아가기를. 나는 그저 내가 사랑하는 사람들이 두렵지 않도록 손전등을 흔들거나 노래를 불러줘야지. 흥얼흥얼.

손가락이 닮았다

내 손가락은 길고 곧고 부드럽다. 어딜 가면 손 예쁘다는 말을 자주 듣는다. 아마 내 신체 부위 중에서 예쁘다는 말을 가장 많이 들어본 곳일 것이다.

이런 내 손을 엄마가 하염없이 쓰다듬던 때가 있었다. 예쁘다, 예쁘다 하면서. 손등을 쓰다듬고, 손가락을 잡아보고, 단단하게 불거진 뼈를 꾹꾹 눌렀다. 한참 전이지만, 지금보다 더 어렸지만 나는 알았다. 엄마가 누구의 손을 쓰다듬고 있는지. 내 손에서 누구의 흔적을 찾고 있는지. 무얼 확인하려 하는지. 나와 함께 있던 엄마는 나와 함께 있지 않았다. 나를 보고 있던 엄마는 나를 보고 있지 않았다. 그걸 너무 알겠어서 마음이 아팠다. 화가 났다.

이 말을 들으면 오빠는 싫어하겠지만 나는 오빠와 닮았다. 튀어나온 눈썹 뼈, 살 많은 눈두덩이, 동글동글한 콧방울, 웃을 때 파이는 팔자주름, 길고 곧은 손…. 그래, 너네 남매구나 알 수 있을 만큼. 어렸을 때 함께 동네를 돌아다니면 그래, 너네 누구 집 애들인지 알겠다 소리를 들었을 만큼. 그렇게 같은 유전자를 공유한 존재였다.

어릴 때 여름방학이 되면 한 살 아래의 사촌 동생이 곧잘 집으로 놀러 왔다. 오빠와 나와 동생은 학교 운동장에도 가고, 학교 뒤 낮은 산에도 오르고, 산 너머 논에서 개구리, 우렁이 등을 잡기도 하며 온 동네를 돌아다녔다. 좁은 논길을 한 줄로 쪼로록 서서 걷고 있을 때였다. 앞서 걷던 오빠가 갑자기 뒤돌아 나를 향해 달려오기 시작했다. "뭐야? 왜 그래?" 소리쳐 물었으나 오빠는 대답하지 않고 나를 지나치고 동생을 지나쳐 저만치 달려갔다. 앞으로 계속 걸어가던 나는 곧 오빠가 달리는 이유를 알 수 있었다. 저 앞에서 뱀 한 마리가 몸을 좌우로 움직이며 우리를 향해 빠르게 다가오고 있었다. 나는 곧바로 몸을 돌려 동생이 다가오는 방향으로, 오빠가 달려간 방향으로 있는 힘껏 달리기 시작했다. "누나, 어디 가?" 동생의 물음이 귓가를 스쳐 뒤로 멀어졌다. 큰길가로 올라오니 오빠가 허리를 접은 채 헉헉거리고 있었다. 그 옆에서 나도 두 손으로 무릎을 짚고 헉헉거렸다. 저 멀리 논길에서 "우앗, 씨, 뱀이다!" 사촌 동생의 목소리가 들려왔다. "뱀이 오면 온다고 말을 해줘야 할 거 아냐." 내가 오빠에게 투덜거리고 있으려니 곧 사촌 동생이 도착했다. 역시나 헉헉거리며 동생은 말했다. "와, 씨. 둘이 어쩜 그렇게 똑같냐. 뱀이 오면 온다고 말해주고 같이 도망쳐야지 혼자 살겠다고 그렇게 뛰어가냐. 와, 진짜 너무한다, 너무해." 동생의 말을 듣고 보니 놀라고 당황하고 무서워서 나 역시 아무런 소리를 내지 않고 그저 뛰기만 했다는 것을 깨달았다. 오빠와 눈이 마주쳤다. 오빠도 그래서, 나처럼 그래서 아무 말 없이 뛰었던 거구나. 우리는 동생의 원망을 한 귀로 흘려들으며 배를 잡고 낄낄거렸다. 그래, 그렇게 우린 겁쟁이인 게 닮았었지.

오빠와 나는 꽤 좋은 파트너였다. 공장 한편에 놓인 작업대 위에 기다란 새시를 올려놓고 탁구를 쳤고, 집 안에서 풍선을 공 삼아 배구를 했고, 빈 음료수 병을 세워놓고 볼링을 쳤으며, 학교 운동장으로 달려가 거기 있는 아이들과 야구, 피구, 땅따먹기, 개뼉다귀, 콘테찌빵, 구슬치기, 비석치기 등 온갖 놀이를 함께했다. 롤러스케이트를 처음 함께 탄 사람도, 나에게 자전거 타는 법을 가르쳐준 사람도 오빠였다. 내 친구 동생을 함께 놀리고 울리고 도망치고 잡혀서 혼나던 시간. 함께 잠들고 함께 일어나 함께 놀던 시간. 함께 싸우고 삐지고 화해하고 또 싸우던 시간. 그래도 미움보다는 아끼는 마음이 더 컸던 시간. 그 시간이 쌓이고 쌓여 말투, 표정, 몸짓 같은 것이 닮아갔으리라. 같은 말투, 표정,

몸짓 같은 것이 내 몸에 쌓이고 쌓여 깊이 각인되어 있었으리라.

어떤 식으로 어떻게 표현해야 할지 아직 잘 모르겠지만 남겨진 사람에 관해 이야기하고 싶다고 생각했다. 세상에는 다양한 상실이 있고, 조금씩 결이 다를 그 모든 상실을 내가 제대로 잘 이야기할 수는 없겠지만 형제를 잃은 상실은 조심스럽게 말할 수 있지 않을까? 마음에 어떤 그늘이 드리워지는지, 몸에 어떤 슬픔이 새겨지는지, 기억에 어떤 자물쇠가 채워지는지, 앞으로의 시간에 늘 누군가가 놓쳐버린 그 시간이 어떤 식으로 겹쳐지는지. 무엇을 부정당하고, 무엇을 억압하며, 무엇을 견뎌야 하는지. 어딘가에서 나와 비슷한 상실감을 안고 홀로 괴로워하고 있을지 모를 누군가에게 내 목소리가 가닿는다면 좋겠다. 나는 그랬는데, 당신은 어땠나요? 말을 걸 수 있게 된다면 좋겠다. 그래서 내가 건네는 이야기가, 나와 비슷한 사람이 있다는 사실 그 자체가, 저 여기 있어요 손 들고 일어난 내 행위가 누군가의 마음에 위안으로 다가가면 좋겠다. 그렇게 생각했다.

오빠가 뜨거운 불 속에서 재로 변해가고 있을 때 나는 화장터

식당에 앉아 불어터진 우동을 먹었다. 생이 소멸하는 장소에서, 육신이 사라지는 장소에서 나는 불어터진 우동으로 생을 이어가고 있었다. 살아 있는 동안은 어김없이 솟아나는 삶을 향한 의지가 그렇게 씁쓸하고 그렇게 허무할 수가 없었다. 그 상황이 좀처럼 받아들여지지 않아서, 그 어긋남이 슬퍼서 눈물이 났다. 창으로 비쳐드는 햇살이 너무 눈부셔서 눈물이 났다. 불어터진 우동과 미지근한 국물이 너무 맛이 없어서 눈물이 났다. 우동 옆에 놓인 노란 단무지의 색이 너무 고와서 눈물이 났다. 거기 앉아서 그러고 있는 내가 싫어서, 거기 누워서 그러고 있는 오빠가 미워서 눈물이 났다. 이제는 정말 아무것도 함께할 수 없구나 싶어서 눈물이 났다. 세상이 온통 슬픔투성이여서 하염없이 눈물이 났다.

세상은 슬픔으로 가득 차 있다는 걸, 보이는 것 뒤에는 늘 슬픔이 자리 잡고 있다는 걸 알아버린 사람에게, 나보다 더 아파하는 사람 옆에서 아프다 내색할 수 없었던 사람에게, 슬픔을 견디기 위해 몸부림치는 사람을 끌어안고 또 다른 상처를 몸에 새기고 있는 사람에게, 먼저 간 사람이 애도의 대상이 아닌 질투의 대상이 되고 그 감정을 마음속에 죄책감이란 이름으로 쌓아간 사람에게, '내가 대신 죽었다면 이 사람들의 슬픔이 조금은 덜하지 않았을까' 생각한 사람에게. 조심스럽게 편지를 띄우는 심정으로 내 이야기를 들려줄 수 있지 않을까. 아무도 찾아오지 않는 내 슬픔의 웅덩이를, 나조차 돌보기를 잠시 미뤄두었던 내 슬픔의 웅덩이를 함께 들여다보고 함께 가꿀 수 있지 않을까. 언젠가는.

살아 있다면 오빠는 이제 마흔이 되었을 것이다. 마흔의 오빠는 어떤 모습일까? 여전히 나와 닮았을까? 여전히 곧고 긴 손을 갖고 있을까? 오빠의 목소리가 기억나지 않는다. 말투, 표정, 몸짓 같은 것도. 늘 함께였던 어린 시절이 희미해진다. 그건 또 그것대로 가슴 아픈 일이라 눈물이 나올 것만 같다. 잊어야 그럭저럭 살 수 있지만 잊고 싶지 않은 기억. 잊고 싶지 않지만 잊을 수밖에 없는 기억. 그렇게 살아갈 수밖에 없는 삶. 머리 위에서 지치지도 않고 쏟아지는 시간이라는 물줄기가 내 몸에 새겨진 오빠의 기억을, 흔적을 성실하게도 지워 나가고 있다. 그래서일까. 이제 엄마는 내 손을 그런 식으로 쓰다듬지 않는다. 그런 식으로 나를 바라보지 않는다. 그건 그것대로 또 슬픈 일.

겨울이 돼서 쌓인 눈을 보면 오빠를 떠올린다. 오빠가 있다면 눈싸움하러 나가자고 할 텐데. 오빠는 귀찮다고 짜증을 내다 결국엔 같이 나갈 텐데. 하기 싫다고 하고선 나에게 먼저 눈덩이를 던질 텐데. 오빠의 부재가, 함께 놀던 내 인생 최초의 친구가 이제는 없다는 사실이 참 많이 아쉽다. 연탄재를 넣고 눈을 뭉쳐 공격력을 강화하는 방법 같은 건, 그런 야비한 방법 같은 건 다 오빠한테 배웠는데 말이다.

잊어야 그럭저럭 살 수 있지만 잊고 싶지 않은 기억.

잊고 싶지 않지만 잊을 수밖에 없는 기억.

그렇게 살아갈 수밖에 없는 삶….

"리틀턴의 모든 엄마들이 아이가 안전하기를 기도하고 있을 때 나는 우리 아이가 남을 더 해치기 전에 죽게 해달라고 기도해야 했어요."

충격적인 문장이었다. 누군가 귀에 대고 "왁!" 큰 소리를 지른 것처럼 머릿속에서, 가슴에서 징 소리가 울렸다. 책장을 얼마 넘기지 않았을 때 마주친 문장이었다. 사랑하는 사람이, 가족이, 자식이 차라리 죽기를 바라는 그 마음은 어떤 걸까. 굳이 상상하려 하지 않아도 마음의 윤곽이 어렴풋이 만져졌다.

내가 열아홉 살이던 1999년에 지구 반대편에선 총기난사 사건이 발생했다. 나와 비슷한 또래인 고등학생 두 명이 총기로 무장하고 학교에 들어가 친구(두 아이에겐 친구가 아니라 해치워야 할 적이었겠지만)들을 공격한 사건이었다. 이름하여 콜럼바인 총기난사 사건. 《나는 가해자의 엄마입니다》는 이 총기난사 사건의 범인 중 한 명인 딜런 클리볼드의 엄마 수 클리볼드가 쓴 글이다. 책 속에서 그녀는 고백하고 있었다. 그 순간 아들이 스스로 목숨을 끊기를 바랐다고. 아들이 그런 끔찍한 짓을 저지를지 몰랐노라고. 엄마라면 자식을 속속들이 알 것이라 생각하지만 사실은 그렇지 않다고. 자신은 아들이 보낸 '사인'을 놓쳤지만 다른 사람들은 그러지 않기를 바란다고.

이 책을 읽고 몇 사람과 이야기를 나누었다. 그들의 공통된 의견은 '아이를 어떻게 키워야 할지 모르겠다, 두렵다'는 것이었다. 아이에게 자신이 할 수 있는 최선을 다했음에도 끔찍한 사건의 가해자가 되는 걸 막지 못했던 한 엄마의 고백은 아이를 둔 다른 엄마들에게 두려움을 불러일으키기에 충분했을 것이다. 하지만 그때 나는 홀로 다른 생각에 빠져 있었다.

공교롭게도 내가 이야기를 나눈 사람들은 아이를 둔 '엄마'였다. 자식의 위치에서 이제 막 엄마의 위치로 이동한 사람, 자식의 위치와 엄마의 위치를 오가야 하는 사람, 엄마의 위치가 삶에서 더 큰 비중을 차지하기 시작한 사람. 반면 나는 아직 자식의 위치에 머물러 있는 사람, 이곳에서 하나의 역할만 하면 되는 사람, '나'라는 존재가 더 큰 비중을 차지하는 사람이었다. 그랬기 때문이었으리라. 다른 엄마들이 책의 화자인 엄마 수의 입장에 서 있을 때 나는 "이번 생만 끝나면 어디로 가든 내 자리를 찾을 수 있을 것 같다"던 딜런에게 감정이입을 하고 있었다. 그렇게 내 생각은 자리를 털고 일어나 뚜벅뚜벅 딜런의 옆을 따라 걸었다.

교과서와 노트, 문제집이 가득 든 가방을 등에 매고 터덜터덜 걸어가는 발걸음이 있다. 시선은 서너 발자국 앞 바닥에서 떨어질 줄 모르고, 땀방울이 이마와 등을 타고 흘러내린다. 가끔 멈춰 서 어깨를 파고드는 가방을 고쳐 맬 뿐 그렇게 학교에서 시작한 걸음은 50분 후 집에 도착할 때까지 계속된다.

천형을 받듯 무거운 가방을 매고 끝날 것 같지 않은 길을 묵묵히 걷는 소녀. 열아홉 살, 미국에서 총기난사 사건이 발생한 그해의 내 모습을, 어쩌면 어두운 터널 같던 10대 시절의 내 모습을 한 문장으로 요약하라고 한다면, 하나의 이미지로 나타내라고 한다면 이렇게 표현할 수 있을 것이다.

고3 올라가던 그해에 우리 집은 아파트를 팔고, 그곳에서 그리 멀지 않은 빌라에 세를 얻어 이사했다. 절벽 끝에 서서 버티고 버티다 이렇게 밀리다가는 우리 모두 까마득한 낭떠러지 아래로 떨어지고 말리라는 위기감에 자리를 바꿔 선 터였다. 덕분에 나는 걸어서 다니던 학교를 마을버스를 타고 다니게 되었지만, 이런 불편함은 사실 아무것도 아니었다.

사람들은, 아니 적어도 가족들은 몰랐으리라. 내 마음은 절벽 끝에 선 게 아니라 낭떠러지 끝에 대롱대롱 매달려 있었다는 걸. 손바닥에 꽉 힘을 준 채 버티고 있었다는 걸. 그러니 몸이 어디로 자리를 옮긴들 아무런 상관이 없었던 것이다.

답답했다. 경제 사정은 안 좋았고, 우리 가족을 떠받치던 두꺼운 얼음 바닥은 어느새 녹아 살얼음판이 되어 있었다. 물속에 빠지지 않도록, 침몰하지 않도록 조심조심 발걸음을 내디뎌야 했다. 하나의 발걸음이 생존과 직결되어 있었기 때문일까. 누군가 잘못된 걸음을 내딛으려 하면 벼락같은 질책이 떨어졌고, 안전한 길을 찾기 위해 전전긍긍하다 보니 누구 하나 웃지 않았으며, 얼굴엔 늘 화가 자리 잡고 있었다. 지구 반대편에서 딜런이 친구들에게 총을 난사하고 있을 때, 그 비극으로 한 걸음 한 걸음 다가가고 있을 때, 나는 일기장에 분노의 총질을 해대며 구체적인 대상을 또는 누군지 모를 대상을 살해하고 있었다.

그러다 문득, 생각했다. 그냥 손을 놔버릴까? 내가 굳이 이 낭떠러지에 매달려 있어야 할 이유가 무엇일까? 아무리 생각해도, 여기저기 꼼꼼히 뒤져봐도 찾을 수 없었다. 손을 놓으면? 적어도 이렇게 힘들지는 않겠지. 아니면 떠날까? 산속 조용한 암자 같은 곳에 들어가면 그곳에 계신 스승들이 혹은 어딘가에 존재한다는 신이 낭떠러지에 매달린 내 영혼을 끌어올려 주지 않을까? 열아홉 살의 나는 그렇게 물 위와 물 밑의 경계에서, 땅과 허공의 경계에서, 삶과 죽음의 경계에서 불안하게 서성이고 있었다.

수 클리볼드는 책의 끝머리에서 이렇게 말했다. "뇌에 이상이 있을 때는 자기 자신을 통제하지 못한다." 그리고 이렇게도 말했다. "아무도 다친 무릎을 의지와 용기로 낫게 할 수 있으리라고 생각하지 않는다."

아, 나는 뇌에 이상이 있었던 거구나. 내가 생각하는 방식이, 다친 뇌가 만들어놓은 길이 나를 경계에서 서성이게 했구나. 그리고 이건 의지와 용기의 문제가 아니라 꿰매고, 소독하고, 약을 발라 치료해야 하는 문제였구나. 깨달았다.

나에겐 나를 해치는 게 가장 빠른 방법이었다. 그 방법이 문제를 해결해주지 않을지라도 일단 어떤 일이 생기면 생각은 곧장 날카로운 칼을 빼 들고 나를 향해 달려들었다. 회사 일을 잘못 처리하면 내가 멍청해서, 모자라서 일이 잘못됐다는 생각이 먼저 찾아왔고, 다른 사람이 실수한 일에서도 내 잘못을 찾아내려 애썼으며, 게으르고 치열하지 않고 야물지 않은 내가 또 무슨 잘못을 저지를지 몰라 늘 전전긍긍했다. 도살장에 끌려나가는 소마냥 회사로 향할 때는 차라리 교통사고가 나서 병원에 입원하면 좋겠다, 마감이 코앞으로 다가왔는데 일은 제자리걸음일 때는 계단에서 굴러 팔이라도 부러지면 좋겠다 생각했다. 누군가가 너무너무 미우면 그 사람의 잘못을 따지기 전에 나는 나를 먼저 죽였다. 유서를 써놓고 죽으리라, 너 때문에 내가 세상을 버린 거라고, 그 죄책감을 안고 평생을 불행하게 살아보라고. 칼에 베여 피를 흘리면서도 통쾌해했다. 베이고 찢겨 신음하는 나는 보이지 않고 머리를 뜯으며 괴로워하는 상대의 모습만 보였다.

생각도 습관이다. 아무도 지나가지 않은 풀밭을 하나의 생각이 걸어간다. 두 번째 생각이 지나가고, 세 번째 생각이 지나간다. 그렇게 풀이 밟히고, 풀이 사라지고, 길이 나타난다. 한번 길이 생기면 어떤 문제가 앞에 놓일 때마다 그 길로 달려간다. 그리고 비슷한 결과만 생산

해낸다.

딜런의 옆을 따라 걸으며 나는 그렇게 나를 발견했다. 누구도 아닌 나 때문에 상처받고 있었던 나를.

그 당시, 낭떠러지를 붙잡고 있던 손에서 힘이 풀릴 때마다, 경계의 이쪽저쪽을 오갈 때마다 손에 힘을 불어넣어 주고 경계 안쪽으로 나를 잡아당겨 주던 손이 있었다. 그것은 바로 '농담'.

다행히도 열아홉 살 때 나에겐 딜런과 달리 '친구'가 있었다. 딜런과 손을 잡고 경계를 넘어버린 에릭과 달리 나의 친구들은 내 손을 잡고 함께 웃어주었다. 낭떠러지 위에 앉아 그 밑에 매달려 있는 내게 농담을 건네고 내가 건네는 농담에 환하게 웃어주었다. 어쩌면 친구들 또한 각자 자신만의 벼랑에 매달려 있었는지도 모르겠다. 하지만 그들이 내 옆에 있었든, 위에 있었든 그들과 아무 의미 없는 농담을 주고받으며 깔깔거리던 순간만은 내 처지를, 답답함을, 분노를 잊을 수 있었다.

우울했던 내 10대를 견디게 한 힘은 '농담'이라는 말을 듣고 누군가는 이렇게 말했다. 그건 찰나의 위안에 불과하다고. 현실을 잊기 위해 술이나 마약을 하는 것과 마찬가지라고. 그래, 그럴지도 모르겠다. 하지만 그렇게라도, 그렇게 찰나의 불빛에 의존해 어두운 터널을 건너왔다면 그 또한 괜찮은 일이지 않을까. 그 또한 나에겐 의미 있는 일 혹은 누군가에게는 의미 있는 일이 되지는 않을까. 불빛을 한 번 일으킬 때마다 더욱 깊고 진한 어둠을 앞에 부려놓는 술이나 마약과는 근본적으로 다른 게 아닐까. 생각했다.

나에게 농담은 일종의 거리 두기였다. 슬픔을 꼭 끌어안은 채 함께 절벽 아래로 떨어져 내리지 않고, 슬픔과 손을 잡고 함께 걸으며 때로는 슬픔을 놀리기도 하고, 장난을 걸기도 하고, 비웃기도 했던 것이다. 책 속에서 수 클리볼드 역시 그렇게 말하고 있다. "코미디가 동지애를 불러일으키기도 했다. 최고의 코미디는 비극에서 나오기 때문이었다."

물론 농담만으로 모든 슬픔을 이겨낼 수는 없다. 농담에만 매달리면 마주 봐야 할 문제 주변을 빙빙 돌기만 하면서 내 일이 아닌 척, 괜찮은 척, 다 해결된 척할 수도 있다. 속은 계속 곪아가는데 얼굴만 웃고 있다면 곧 벼랑을 붙잡은 손에 힘이 빠지고 말 것이다. 주의사항도 있다. 상대를 공격하고 끌어내림으로써 공격 대상을 제외한 주변 사람들과 웃음을 공유하는 방식의 농담은 삼가야 한다. 그것은 농담이 아니다. 농담을 가장한 또 다른 폭력일 뿐이다. 이런 농담은 경계 안으로 날 잡아당기는 친구의 손길을 뿌리치는 결과를 낳을 수 있다.

나는 아직도 천형을 받듯 무거운 가방을 매고 끝날 것 같지 않은 길을 묵묵히 걷는 소녀를 만난다. 가엾게만 여기던 그 소녀를 언제부턴가 응원하고 있다. 어쩌면 한 사람이 살아가는 인생 자체가 무거운 가방을 매고 발아래 펼쳐진 길을 따라 묵묵히 걷는 일일지도 모르겠다는 생각을 하면서. 너만 그런 게 아니야, 길이 그렇게 말을 걸어오는 것도 같다.

농담과 함께 나에게는 '걷기'와 '글'이라는 동무도 있었다. 걷는 동안은 오로지 내 세상이었다. 학교에서 집으로 걸어가는 약 50분 동안 나는 이곳저곳을 날아다니며 꿈꾸는 모든 것이 될 수 있었다. 그리고 그렇게 몸을 움직이며 내 안에 고인 어두운 마음을 밖으로 내보낼 수 있었다. 곧 다시 내려앉을 어둠이라 하더라도, 걷는 순간만큼은 입으로 코로 그것을 뱉어낼 수 있었다. 글 역시 두 팔 벌려 내 분노를 받아주었다.

기꺼이 총알받이가 되어주었다. 그렇게라도 마음을 표출하지 않았다면 내 머리는 진작 뻥, 터져버렸을 것이다.

지금도 나는 농담을 하고, 자주 걷고, 글을 쓴다. 그리고 어느 순간 주위를 둘러보니 벼랑 위에 올라서 있다. 아마 벼랑이 무너져내리지 않는 한 이렇게 계속 꾸준히 살아갈 것이다.

책을 읽다가 혹은 교정 일을 하다가 우리 이야기 같거나 잔인하거나 더럽거나 야하거나 욕하는 장면이 나오면 사진을 찍어서, 텍스트를 복사해서 '젤리'에게 보낸다. 얼마 전에는 이런 문장을 보내주었다. "진정으로 친밀한 우정은 실제로 유아기에 가장 헌신적인 육아가 주는 것과 똑같은 효과를 나타낸다." 바로 답장이 왔다.

— 우리 서로 엄마인 거니?

— 그러게. 니가 날 키웠나 봐. 우쭈쭈우쭈쭈.

— 손바닥에 세우고 우쭈쭈 한번 해야겠네.

— 넌 서울구경 시켜주마.

둘이 또 한참을 그렇게 낄낄거렸다.

열네 살. 귀밑 3센티미터 똑단발. 검은 스타킹에 새하얀 실내화. 어떻게 해도 얌전히 말리지 않고 밖으로 뻗치던 왼쪽 옆머리. 손등을 덮은 교복 재킷. 조금만 움직여도 휙휙 돌아가는 교복 치마. 볼과 턱에 솟아오른 붉은 여드름. 끊임없이 잘게 떨리던 눈동자. 높고 날카로운 웃음소리. 비리고 저린 성장의 냄새가 주변을 떠돌던 그 시절. 우리가 처음 만났던 그때. 우리는 우리의 오늘을 짐작이나 할 수 있었을까? 각자의 삶에 서로가 똑같은 색 실을 혹은 각자 좋아하는 색 실을 혹은 듣도 보도 못한 색 실을 한 땀 한 땀 박음질해 넣을 것이란 걸 알 수나 있었을까? 그 실들이 모여 어떤 형태의 무늬를 만들어낼지 상상이나 할 수 있었을까? 바느질 솜씨 좋은 젤리가 내게 새긴 흔적들을 가만히 더듬어가다 보면 두 개의 장면이 선명하게 떠오른다.

장면 하나.

눈을 뜨니 하늘이 훤했다. 본능적으로 알았다. 뭔가가 잘못되었다는 걸. 벌떡 일어나 시계를 봤다. 지각이었다. 특별한 일이 없는 한 결석도, 조퇴도, 지각도 하지 않는 나였다. 알람 소리가 울리면 벌떡 일어나는 나였다. 왜 그랬을까? 어제 늦게 자지도, 요즘 피곤하지도 않았는데. 화장실로 달려가 세수를 하는데 거울 속에 낯선 사람이 서 있었다. 눈이 퉁퉁 부어 제대로 뜨지도 못하는 낯선 사람. 눈은 또 왜 이럴까? 어제 울면서 잠들지도, 라면을 먹고 자지도 않았는데. 오래 생각할 시간이 없었다. 대충 씻고 나와 재빨리 옷을 갈아입고 학교로 뛰었다. 다행히 학교는 뛰어서 5분 정도면 도착할 거리에 있었다.

사거리 횡단보도 앞에 서서 발을 동동 굴렀다. 자꾸 시계를 확인했다. 째깍째깍 시계 초침은 앞으로 나아가는데 내 발은 빨간 신호에 막혀 나아가지 못했다. 빨간불이 파란불로 바뀌는 시간이 영원처럼 길게 느껴졌다. 이 시간이면 학교에 도착하겠다. 선생님한테 혼나겠지? 뭐라고 변명을 해야 할까? 학교가 저 앞에 보이니 더욱 애가 탔다. 학교를 바라보며 동동거리고 있는데 익숙한 뒷모습이 눈에 들어왔다. 우리 학교 교복, 단발머리, 늘 보던 가방, 특유의 걸음걸이. 젤리였다.

저 상습범. 또 지각이네. 슬며시 웃음이 났다. 반가웠다. 동지가 있다는 게 위안이 됐다. 그리고 허탈했다. 평소처럼 자기 속도대로 걷는 젤리의 느긋한 뒷모습을 보니 마치 큰일이라도 난 듯, 조금이라도 빨리 학교에 도착하지 않으면 곧 죽을 것처럼 안달을 해대는 내가 너무 바보같이 느껴졌다.

신호가 파란불로 바뀌었다. 나는 젤리에게 뛰어갔다. 학교 건물 입구에서 실내화를 갈아 신고 있는 젤리를 만났다. “넌 지각했는데 어떻게 뛰지도 않냐?” 나도 허리를 굽히고 실내화를 갈아 신으며 말했다. “어차피 늦었는데 뭐.” 젤리가 태연하게 말했다. 내가 실내화를 다

신고 고개를 들자 갑자기 젤리가 큰 소리로 웃기 시작했다. "야, 너 눈이 왜 그래?" "나도 몰라." "이렇게 눈 많이 부은 사람은 처음 본다. 앞은 보여?" "나도 이렇게 부은 건 처음이야. 눈 뜨기 힘들다." 젤리의 웃음은 좀처럼 그치지 않았다.

장면 둘.

어스름이 내린 저녁, 아빠와 집에 있었다. 아마 아무것도 아닌 일이었을 것이다. 아빠가 커피를 타오라고 시켰거나 내 방 문을 열고 책상 앞에 앉아 있는 나를 물끄러미 바라봤기 때문이었을 것이다. 무엇 때문에 생겨났는지 나도 잘 모르는 분노가 모두 아빠에게 향하던 시기였기 때문이었을 것이다. 시시때때로 돈에 허덕이고, 순간순간 서로에게 으르렁거리는 우리 집 풍경을 만들어낸 사람이 오롯이 아빠 혼자라고, 다 아빠 탓이라고 생각했기 때문이었을 것이다. 답답하고 화가 나고 한시도 이 집에 있고 싶지 않았다. 하지만 마땅히 갈 곳이 없었다.

전화기를 들었다. 젤리네 집에 전화를 걸었다. 고등학생이 되면서 학교가 갈라져 젤리가 집에 있을지 없을지 확신할 수 없었다. 제발, 제발 집에 있어라. 제발, 제발 나를 좀 꺼내줘. 간절한 심정으로 전화기를 붙잡았다. 다행히 젤리는 집에 있었다. 빌린 책을 돌려준다는 핑계를 대고 집을 나왔다. 젤리네 아파트 단지는 우리 아파트 옆 횡단보도 하나 건너에 있었다. 젤리네 아파트 앞을 서성이고 있으려니 곧 젤리가 내려왔다. "책 벌써 다 읽었어?" 젤리의 얼굴을 보자마자 눈물이 터졌다. 젤리는 당황하지 않고 왜 우냐 묻지 않고 그냥 나를 안아주었다. 나는 젤리의 어깨에 머리를 대고 숨죽여 울었다.

한동안 울고 있는데 목이 아파 왔다. 나보다 키가 작은 젤리의 어깨에 머리를 대려니 목을 푹 꺾고 머리를 박은 형국이 되었던 것이다. 둘이 동시에 이상함을 느끼고 서로를 쳐다보았다. 그리고 깔깔깔 웃기 시작했다. "야, 이 땅꼬마야." "뭐가. 니가 멀대같이 키만 큰 거지." 서로를 비난하며 웃고 또 웃었다.

항상 그랬다. 내가 남들처럼, 아니 남들만큼 살아야 한다는 강박에 발을 동동 구르고 초조해하면 젤리는 그냥 자기 속도대로 자신의 삶을 걸어가면서 그렇게 애태우지 않아도 된다고, 남들처럼 살지 않아도 혼나지 않는다고, 남들만큼 살지 않아도 큰일 나지 않는다고, 그냥 네가 하고 싶은 대로 네가 생긴 대로 살아도 된다고 알려주었다.

어딘가에서 상처 입고 돌아오면 젤리는 늘 아무것도 묻지 않고 날 안아주었다. 한 번도 날 비난하지 않았다. 그렇게 하지 말라고, 네가 잘못한 거라고, 이렇게 하고 저렇게 해야 하는 거라고 말하지 않았다. 니가 그렇게 결정했으면 됐어, 니가 그러는 덴 다 이유가 있겠지, 그러면 난 뭘 도와주면 될까? 늘 같은 자리에 그대로 서 있었다.

손재주 있는 젤리는 20년이 넘는 시간 동안 내 삶에 이처럼 뿌리가 깊고 줄기가 굵고 잎이 넓고 열매가 향기로운 나무 한 그루를 수놓았다. 그리고 이 나무는 나에게 엄마이자 아빠이자 오빠이자 언니이자 동생이자 친구이자 스승이 되었다.

우리는 같이 있으면 늘 웃었다. 울다가도 결국에는 웃었다. 어쩌면 나는 젤리와의 관계를 기준으로 삼고 사람들을 사귀었는지 모른다. 모든 것을 솔직히 이야기할 수 있는 관계, 그래도 비난받지 않으리라는 혼나지 않으리라는 믿음이 있는 관계, 내가 온전히 받아들여지는 관계, 반대로 상대를 온전히 받아들이는 관계, 때로는 작은 일에 서운해하고 삐지고 다투기도 하지만 결국엔 별것도 아닌 일로 또 웃고 마는 관계….

이런 이유일 것이다. 나에게 친구가 많지 않은 건. 마음을 나누지 않는 관계를 힘들어하는 건. “너 친구 없잖아.” “네가 만나는 사람이 뻔하지.” 이런 타박이 전혀 신경 쓰이지 않는 건. 오히려 자랑스러운 건. 내 주위에 우뚝우뚝 서서 나를 믿어주는, 내 말을 들어 주는 친구들이 있기 때문일 것이다.

내가 조금 더 따뜻한 사람이 된다면, 조금 더 나누는 사람이 된다면, 조금 더 잘 듣는 사람이 된다면, 조금 더 나를 사랑하는 사람이 된다면 그건 모두 지금까지 살면서 만나온 친구들 덕분일 테다. 서툴고 느리고 우물쭈물하고 겁은 많으면서 두 손 가득 이것도 쥐려 하고 저것도 쥐려 하는 나를 이끌어주고 안아주고 사랑해주고 가끔은 등짝을 때려주기도 한 친구들…. 내가 쓰러지려 할 때마다 귀신같이 알고 나타나 자신의 소중한 어깨를, 귀한 마음을 내어준 친구들…. 내가 잘못 살고 있지 않음을, 휘청거리면서도 나름대로 천천히 잘 나아가고 있음을 시시때때로 증명해주는 친구들….

그들이 있어 행복하다.

나는 편식쟁이다. 어릴 때부터 늘 콩밥에서 콩을 골랐고, 계란 프라이에서 노른자를 골랐다. 고기는 무엇이든 잘 먹었지만 해산물 앞에선 고개를 돌렸다. 남들은 짭조름한 바다향이 나는 게 진짜 맛있는 거라며 먹어보라고 권했지만 나에겐 그저 비린내 나는 음식일 뿐이었다. 식사 예절만큼은 엄격하게 가르쳤던 부모님도 편식에는 관대했다. 내가 골라놓은 콩이나 노른자는 늘 엄마 입으로 들어갔다.

관대함의 뿌리에는 '먹성 좋은 아이들'이 있었다. 우리는 과자를 먹다가도 밥상이 차려지면 한달음에 달려와 밥 한 그릇을 뚝딱하는 아이들이었고, 반찬 몇 가지 안 먹는 모습은 복스럽게 잘 먹는 모습에 가려지기 마련이었다.

다른 사람들도 비슷하겠지만 음식을 골라 먹는 데 뚜렷한 기준은 없다. '비린내 나는 음식은 잘 먹지 않는다'가 기본 바탕이라면 바탕일까. 감자는 좋아하지만 물에 빠진 감자는 좋아하지 않고, 채소는 대부분 좋아하지만 익힌 채소에는 잘 손을 대지 않는다. 해산물은 거의 먹지 않지만 또 게, 새우, 흰 살 생선은 먹고, 고기는 좋아하지만 곱창, 닭껍질, 비계, 육회는 먹지 않는다. 내가 봐도 기준이 없으니 주변 사람들이 내 입맛에 "근본 없다"며 투덜대도 할 말은 없는 셈이다.

요네하라 마리는 《미식견문록》에서 이렇게 말했다. "러시아인 대다수는 일본 음식을 태어나서 처음 먹어보는 경우가 많다. 특히 일상적으로 어패류를 거의 먹지 않는 내륙에서 온 사람들에게는 생선회며 초밥이며 오징어 같은 것을 먹는 데 상당히 용기가 필요한 도전이다. 음식은 자기 몸속으로 들어가는 것이니, 처음 보는 음식을 먹을 때는 무의식적으로 본성이 나온다. 그 사람의 호기심과 경계심 사이의 균형감각이 드러나고 마는 것이다. 미지의 것에 얼마나 마음을 열고 있는지를 볼 수 있는 리트머스지 같은 역할을 한다고 할 수 있겠다."

요네하라 마리의 말처럼 음식을 대하는 태도에 따라 혁신과 보수를 나눈다면 나는 보수, 그것도 극보수에 속할 것이다. 처음 보는 음식, 바다 생물을 재료로 한 음식, 색깔이 이상한 음식, 날것의 음식은 무조건 의심하고 경계할지어다!

그러던 어느 날, 이 극보수주의자에게도 위기가 찾아왔다. 초등학교 4학년 때 담임선생님은 배식받은 음식을 남김없이 먹는 걸 모든 아이가 지켜야 할 '약속'으로 정했다. 그리고 그날 식판 위엔 미역줄기가 있었다. 바다에서 나고 자랐을 게 분명한 그 음식과 나 사이엔 바다만큼이나 먼 거리가 가로놓여 있었다. 젓가락이 쉬이 가지지 않았다. 다른 음식을 다 먹을 때까지도 미역줄기는 처음 모습 그대로 식판 위에 얌전히 놓여 있었다. 이걸 먹지 않으면 난 분명 '약속'을 지키지 않은 나쁜 아이가 되어 선생님께 혼이 날 거야. 두려움이 내 등에 손을 얹고 속살거렸다. 아무것도 아니야. 그냥 젓가락을 들고 미역줄기를 집어서 입안에 넣고 씹어 삼키면 돼. 그럼 넌 혼나지 않아도 되고, 음식을 골라 먹는 나쁜 아이라고 손가락질당하지 않아도 돼. 아무거나 잘 먹는 건강하고 착한 아이가 되는 거야. 자, 어서 먹어.

풍덩. 두려움에 떠밀려 바닷속으로 뛰어들었다. 입으로 코로 바다향이 밀려 들어오고 비린내가 온몸으로 퍼져 나갔다. 코를 말아 쥐고 쉴 새 없이 입을 움직였다. 이만하면 됐겠다 싶어 꿀떡 삼키려는데 미역줄기가 목구멍에 걸려 내려가지 않았다. 다시 한 번, 또 한 번 시도해봤지만 어찌된 영문인지 미역줄기는 입안에서 돌덩이처럼 단단히 자리 잡고 움직이지 않았다. 이렇게 있다가는 음식을 골라 먹는 나쁜 아이가 아니라 음식을 골라 먹을 뿐 아니라 밥을 먹다 갑자기 토한 더럽고 나쁜 아이가 될 것만 같았다. 결국 씹다 만 미역줄기를 휴지에 뱉어내고 말았다.

'약속'을 지키기 위해, '착한 아이'가 되기 위해 바닷속에 뛰어들었던 나는 제자리에서 버둥대다 짜고 비린 바닷물만 실컷 먹고 물 밖으로 기어 나왔다. 물에 흠뻑 젖은 채 처절하게 가쁨 숨을 내쉬었다. 다행히 옆에 앉은 짝꿍이 이런 나를 가련하게 여기어 내 식판 위의 미역줄기를 먹어주었고, 나는 이 위기를 무사히 넘길 수 있었다.

별일 아닌 것 같은 이 사건은 내게 돌덩이처럼 단단한 확신을, 어쩌면 비릿한 변명을 심어주었다. 편식은 단순히 좋고 싫음의 문제가 아니라는 것, 몸이 확실히 거부하는 음식도 있다는 것, 그러니 음식은 강요해선 안 된다는 것.

"애 가리는 음식 엄청 많아요. 아무거나 다 먹게 생겨서 의외로 까다로워요"라는 말을 무시로 들으며 30여 년을 보냈다. 그러다 몇 년 전에는 이렇게 선언했다. "나, 이제부터 채식할 거야." 비장한 이유가 있었던 건 아니다. 내가 하는 일이 대부분, 늘, 그렇듯 충동적이었다. 마침 채식이 유행이었고, 헬스장에서 개인 PT를 받으며 식단 조절을 하다 보니 채식도 할 수 있겠는걸, 싶었던 것이다. 어쩌면 그런 심리도 있었던 것 같다. 내가 나를 괴롭히는 자학의 심리, 내가 나를 궁지로 몰아넣고 괴롭힐 때 느껴지는 쾌감의 심리 같은 것. 어쨌든 그렇게 채식을 시작했다.

채식에도 여러 단계가 있다. 페스코(Pesco), 폴로(Pollo), 락토 오보(Lacto Ovo), 오보(Ovo), 락토(Lacto), 비건(Vegan). 그중에서도 나는 조류를 포함한 고기를 먹지 않고, 유제품, 계란, 해산물은 먹는 페스코를 선택했다.

작정은 했으나 페스코로 살기란 의외로 쉽지 않았다. 고기를 먹을 땐 미처 몰랐다. 주변에 고기가 이렇게 많은지. 막상 먹으려 할 땐 없더니 먹지 않으려 하자 주변에서 시뻘건 고기들이 달려드는 형국이었다. 식당에 가면 찌개에도 국에도 고기가 들어 있었고, 고기는 덩어리가 아니면 국물에 스며들어 존재감을 뽐냈다. 설마 했던 비빔밥에도 다진 고기가 올라갔고, 믿고 시킨 해물짬뽕에서도 길게 저민 소고기가 튀어나와 날 조롱했다.

도시락이 대안이었으나 당시는 직장에 다닐 때라 동료들과 점심을 먹어야 할 때도, 저자와 식사를 해야 할 때도, 회식에 참석해야 할 때도 있었기에 페스코로서의 내 삶은 머리 위에서 굴려 내려오는 돌을 피하기 바쁜 나날이었다. 고깃집에 가면 밥과 김치, 된장찌개로 끼니를 해결하고, 가능한 한 고기 대신 생선을 먹고, 어쩔 수 없는 경우 육수 안에 든 채소만 건져 먹으며 채식을 이어갔다.

고기를 먹고 싶다는 욕망을 참는 건 그리 어렵지 않았다. 나는 먹고 싶은 음식이 떠오르면 당장 먹어야 직성이 풀리는 사람도 아니고, 먹고 싶은 음식 자체가 별로 없는 데다 맛있는 음식을 찾아다니는 미식가도 아니다. 그렇다 보니 꽃등심이, 삼겹살이, 치킨이 머릿속에 떠올랐다가도 곧 사라져버렸다. 더구나 고기에도 중독성이 있는지 먹지 않는 시간이 길어질수록 먹고 싶은 마음 또한 점점 줄어들었다. 사실 진짜 고난은 생각지도 못한 곳에서 갑자기 툭 튀어나왔다.

채식을 선언한 뒤 내가 가장 많이 들은 말은 “왜?”였다. 물론 이유가 궁금하기도 했을 터이나 대부분 그 말투 속에는 단단한 돌멩이가 들어 있었다. 나를 설득하지 못할 정도의 이유라면 그냥 먹으라는, 괜히 까탈스럽게 굴지 말라는, 너 하나 때문에 여러 사람이 불편해진다는 돌멩이…. 채식은 왜 해? 고기 안 먹으면 기운 못 써. 채식하면 너 연애 못 한다. 돌멩이는 다양한 방향에서 다양한 각도로 날아왔다.

갑자기 세상의 풍경이 바뀐 기분이 들었다. 따뜻하게 손 내밀어주던 세상이 차갑게 등을 돌린 느낌, 그 따뜻했던 손에 돌멩이를 움켜쥐고 언제든 던질 준비를 하고 있다는 느낌. 그냥 한 발을 세상 밖으로, 경계 밖으로 내밀었을 뿐인데 이런 기분이 느껴진다면, 언제든 그 발을 거두어들일 수 있는 내가 이런 기분을 느낄 정도라면, 아예 경계 밖에 나가 서 있는 사람들은, 그곳에서 돌아올 수 없는 사람들은, 경계 안으로 받아들여지지 않는 사람들은 도대체 어떤 기분으로 살아가는 걸까? 두려워졌다.

그리고 그때부터 생각했다. '폭력'이라는 것에 대해. 물리적인 폭력만 폭력이 아니라, 거친 말을 쏟아내는 폭언만이 폭력이 아니라 누군가를 나의 뜻대로, 개인을 전체의 뜻대로 조종하려는 것 또한 폭력이 아닐까? 타인에게 피해를 주지 않고, 공동체를 파괴하지도 않으며,

그저 개인의 취향과 선택일 뿐인 문제에서도 해라, 하지 마라 간섭하는 것 역시 폭력이 아닐까? 내가 불편하니 네가 희생해라, 전체를 위해 개인을 희생해라, 너의 취향을 다수에게 맞추라는 건 폭력이 아닐까. "며칠 굶어봐야 이것저것 안 가리고 먹지"라는 말 속에는 상대방을 이해하겠다는, 너의 삶을 상상해보겠다는 마음이 조금도 들어 있지 않다. 그저 상대의 머리채를 잡고 광장으로 끌어내 비웃고 조롱할 뿐이다.

한강의 소설 《채식주의자》에서는 고기를 먹지 않는 영혜의 입을 벌리고 억지로 고기를 먹이려는 가족이 등장한다. 어느 날 꿈을 꾸고, 그 꿈 때문에 고기를 먹지 않는 영혜가 주변 사람들의 눈에는 이상하게 비쳤으리라. 영혜는 고기를 먹이려는 가족들 앞에서 손목을 그어 자살을 시도한다.

영혜가 채식을 하게 된 근원에는, 그 꿈을 꾸게 된 뿌리에는 고기 맛을 좋게 한다며 오토바이 뒤에 개를 묶고 그 개가 쓰러져 목숨을 잃을 때까지 멈추지 않던 아버지의 모습, 유독 영혜에게 손찌검이 잦았던 아버지의 폭력성이 자리 잡고 있었다.

채식을 시작한 영혜는 시간이 지나면서 음식을 아예 거부하고 스스로 나무가 되려 한다. "나 몸에 물을 맞아야 하는데. 언니, 나 이런 음식 필요 없어. 물이 필요한데." "나는 이제 동물이 아니야 언니." "밥 같은 거 안 먹어도 돼. 살 수 있어. 햇빛만 있으면."

언젠가 한 선배에게 물은 적이 있었다. "인간은 왜 타인을 자기 마음대로 조종하려 할까요?" 한참을 가만히 생각하던 선배가 답했다. "그게 인간의 본성 아닐까?" 타인을 인정하지 않는 것이 폭력이라면, 타인의 선택을 무시하고 내 선택을 강요하는 것이 폭력이라면 인간은 왜 이렇게 폭력적인 걸까? 그것도 인간의 본성인 걸까? 우리는 왜 서로가 서로를 죽이고, 때리고, 부수고, 상처 주고, 아프게 할까?

영혜는 육식 안에 내포된 폭력성을, 나중에는 먹는다는 것에 내포된 폭력성을 깨달았을 것이다. 음식을 먹는다는 건, 그것이 동물이든 식물이든 살아 있는 생명을 죽이는 행위다. 다른 생명을 희생해 내 생명을 연장하는 행위. 그렇기 때문에 인간이 폭력적인 것이리라. 먹어야만 살 수 있고, 살기 위해 먹으려면 폭력적이 될 수밖에 없는 것이 인간이라는 존재의 특성이리라. 우리가 폭력적인 이유는, 살아 있는 한 폭력적일 수밖에 없는 이유는 여기에 있다.

생각해보면 의식주가 모두 폭력이다. 입는 옷에도 사는 집에도 무언가를 죽이고 빼앗는 행위가 수반된다. 그것이 자연에게서든 인간에게서든. 인간이라는 존재가 하나의 폭력인 셈이다. 한없이 겸손하고, 또 겸손하게 살아야겠다고, 마음이 조금씩 허리를 숙인다.

나의 페스코 생활은 3년 만에 막을 내렸다. 혈액 속 철분 수치가 계속 평균을 밑돌아 특단의 조치를 취했던 것이다. 얼마 전부턴 고삐 풀린 망아지마냥 고기를 먹으러 다니고 있다.

사회에는 다수가 정한 '약속'이 있고, 그걸 지켜야 '좋은 사람'이 되는 거야. 어려울 거 없어. 그냥 남들이 하는 대로, 하라는 대로 살면 돼. 아무것도 아니야. 지금도 종종 두려움이 내 등에 손을 얹고 속살거린다. 남들도 다 뛰어들었으니 너도 어서 바닷속으로 들어가라고 등을 떠민다. 하지만 이제 나는 무턱대로 뛰어들지 않는다. 비린내는 싫으니까 우선 엄지와 검지로 코를 막고 바닷가에 서 있다. 난 수영 못 해. 물에 들어가면 죽어. 알지도 못하면서 아무나 다 들어가라고 하지 마. 더불어 남의 등을 떠밀지 않으려, 손잡고 같이 뛰어들지 않으려 조심한다.

내가 나로 살기란 의외로 쉽지 않다. 당신이 당신으로 살도록 놔두기도 의외로 쉽지 않다. 어쩌면 우리는 너무 많이 맞고 너무 많이 때려서 폭력에 무감각해져 버렸는지도 모른다. 다른 사람은 차치하더라도 우선 나는 내가 조금 더 자유롭고, 조금 더 겸손해지면 좋겠다. 속수무책으로 떠밀리지 않도록 땅에 단단히 발을 디딘 채로.

장난의 법칙

나는 장난, 농담을 좋아한다. 내가 하는 말에, 행동에 주변 사람들이 즐거워하는 게 좋다. 가끔 개그 욕심이 지나쳐 유치하다는 핀잔을 듣거나 적당히 하라는 제지를 당하긴 하지만 시시때때로 '아, 장난치고 싶어', '아, 농담하고 싶어'가 불쑥불쑥 솟아오르는 걸 나도 어쩔 수가 없다. 몸이, 입이 근질근질하다.

지적이고 우아한 글을 읽고 친구에게 "나도 이 작가처럼 글 쓰고 싶다"고 말하면 나를 아는 친구는 "넌 개그 욕심이 있어서 안 돼"라고 꽤 단호하게 말한다. 처음엔 발끈해서 '나라고 못 할 쏘냐!' 전의를 불태우지만 나도 나를 아는지라 금방 친구의 말에 수긍하고 만다. 차분하게 글을 쓰다가도 '지금쯤 이런 농담을 던지면 재밌을 것 같은데', '이 표현을 쓰면 읽는 사람이 빵 터질 거야' 슬금슬금 개그 욕심이 고개를 쳐든다. 글도 생긴 대로 쓸 수밖에 없는 모양이다. 그러고 보면 몸과 입에 더해 손가락도 근질근질한 것이다.

장난과 농담은 나의 애정표현 방식이기도 하다. 내 마음속에는 기다란 나무 막대기가 가로놓여 있다. 이런 걸 왜 만들어놓았는지는 나도 잘 모르겠으나 어쨌든 그런 게 허리 정도 오는 높이에 걸려 있다.

이 막대기는 아파트 단지 입구에 놓인 차단기처럼 방문자를 확인하고 오르락내리락한다. 당신은 들어와도 돼. 당신은 좀 기다려. 당신은 들어오지 마. 막대기는 본능과도 같아서 아무리 머리가 들여보내라는 신호를 보내도 못 들은 척 요지부동인 경우가 있고, 들여보내지 말라고 단단히 주의를 주어도 멋대로 마구 문을 열어주는 경우가 있다. 그렇게 내 사람과 아닌 사람을 구별한다. 머리는 짐짓 근엄한 척 이성적인 척 편견을 갖고 사람을 대하지 말라고, 모든 사람을 열린 마음으로 받아들이라고, 제일 친한 사람 덜 친한 사람 안 친한 사람 구별하지 말고 모두와 사이좋게 지내라고 잔소리를 하지만 마음속 막대기는 너는 떠들어라 나는 내 맘대로 하련다, 그게 되면 내가 왜 이러고 있겠니 귀를 후비적거리고만 있다. 머리와 마음의 대치 상태. 마음이 매기는 친밀도의 등급.

이 막대기를 올리고 내리는 기준이 나에게는 '장난'이다. 내가 장난을 칠 수 있는 사람, 나와 함께 장난을 칠 수 있는 사람은 막대기 안쪽에, 그럴 수 없는 사람은 막대기 밖에 서 있다. 그건 아마도 내가 좋아하는 걸 같이하고 싶을 정도로 호감 가는 사람을 고르는 마음의 기준, 내가 좋아하는 걸 함께하며 더 좋아진 사람을 고르는 마음의 기준 같은 게 아닐까. 내가 까불어도 버릇없고 얌전치 못하다고 욕하는 게 아니라 그럼에도 내 옆에 있어 줄 거란 믿음을 주는 사람을 고르는 나만의 기준 같은 것. 머리는 여전히 다른 사람을 평가하고 등급을 매기는 그런 건방진 짓을 당장 그만두라고 외치지만 마음 관리사무소엔 여전히 장난이 들어앉아 방문자의 얼굴을 확인하고 버튼을 누르고 있다. 가끔 농담이 관리사무소에 놀러 오긴 하지만 농담은 어색함을 없앤다는 명목으로 처음 본 사람과도 가볍게 주고받기 때문에 친밀함을 재는 척도로 삼기엔 너무 느슨하다. 따라서 버튼의 주인은 단연 장난이다.

그냥 적당히 하면 되는 거 아니야? 뭐 별거 있나? 싶은 장난은 사실 사람과 사람이 관계된다는 점에서, 감정의 변화를 끌어낸다는 점에서 매우 섬세하고 예민한 활동이다. 별로 친하지 않은 사람에게 무턱대고 장난을 걸었다간 '내가 만만해 보이나?' '나를 무시하나?' 같은 오해를 불러올 수 있다. 예의 없는 사람으로 낙인찍힐 수도 있으니 주의해야 한다. 그런 오해를 하지 않을 만큼 가까운 사이라 할지라도 지금 두 사람의 주변 분위기, 그날 상대방의 기분 등을 잘 살펴야 한다. 나 혼자

신나서 기분 나빠 잔뜩 찡그린 사람을 혹은 우울해서 어깨가 처진 사람을 쿡쿡 찌르면 되돌아오는 건 짜증스러운 반응뿐이다. 한두 번 받아줬다고 눈치 없이 계속 똑같은 장난을 반복하는 것 또한 화를 부르는 대표적 행동이니 장난을 치는 사람도 받는 사람도 모두가 하하호호 웃는 해피엔딩을 맞이하고 싶다면 분위기의 흐름을 읽는 기술, 적당한 때에 치고 빠지는 기술이 필요하다.

장난은 수고로움을 감수해야 하는 일임 또한 잊지 말아야 한다. 영화 〈덤앤더머〉 2편을 보면 로이드(짐 캐리)가 친구 해리(제프 다니엘스)를 속이기 위해 20년 동안 환자 행세를 하는 장면이 나온다. 20년은 영화적 재미를 극대화하기 위해 과장한 것이겠지만 현실에서도 장난에 성공하려면, 장난의 기쁨을 극대화하려면 덫을 놓고 상대가 빠지길 기다리는 깊은 인내심이 필요하다. 문 뒤에 숨어서 상대가 올 때까지 기다리는 끈기, '생각보다 너무 안 나타나는데. 이제 그만 포기할까' 싶은 마음이 고개를 들더라도 이 사람은 분명히 나타날 것이라는 믿음을 갖고 끝까지 기다리는 끈기가 필요하다. 기다림이 긴 만큼 기쁨도 클지니 장난을 완성해가는 모든 순간이 손에 땀을 쥐는 긴장과 즐거움의 연속인 것이다.

장난에는 그 장난을 받아줄 좋은 동료가 반드시 있어야 한다. 장난은 혼자 완성할 수 없는 퍼즐과 같다. 같은 그림에서 떨어져 나온, 모양이 다른 퍼즐 조각이 함께해야 온전한 그림을 만들 수 있다. 내가 가만히 서 있는 내 뒤로 다가가 오금치기를 할 수도, 내가 걸어가는 내 뒤로 다가가 "왁!" 놀래줄 수도 없는 노릇 아닌가. 내가 쿵 하면 짝 해줄 동료, 언제든 나와 함께 키득키득거릴 준비가 되어 있는 동료, 장난을 받아주고 함께 장난에 참여할 동료, 생긴 건 다르지만 같은 결에서 떨어져 나온 동료가 필요한 법이다.

마지막으로 이 장난이 어떤 마음밭에 뿌리내리고 있는지 잘 살펴야 한다. 애정인지, 미움인지. 굵고 튼튼한 본 뿌리가 애정밭에 몸을 묻고 있다 하더라도 작고 약한 잔뿌리 하나가 미움밭으로 뻗어 나간 상황이라면 그 사람에게는 장난을 치면 안 된다. 잔뿌리가 떨어져 나가거나 뻗은 뿌리를 거두어올 때까지 기다려야 한다. 미움이 섞여들면 장난이 괴롭힘으로 변질되는 건 순식간이다. 약간의 당황, 놀람만 주고 끝나야 할 장난이 고통을 주는 장난으로 나아가고 만다. 아프게 해놓고,

괴롭게 해놓고 "장난이었어" 한마디로 아픔을, 괴로움을 무마하려 해선 안 된다. "장난인데 뭘 그렇게 예민하게 굴어." 적반하장, 상대를 나무라선 안 된다. 사람마다 고통을 느끼는 정도가 다르므로 내 마음의 상태와 상대의 마음 상태를 고루고루 살필 필요가 있다.

어쩌면 내가 장난을 좋아하는 진짜 이유는 꾸미지 않은 내가 꾸미지 않은 너와 만나는 순간이기 때문인지도 모른다. 밀란 쿤데라의 표현을 빌리면 살아오면서 하나씩 만들어온 가면, 번듯한 사회인인 척하는 가면, 성실하고 예의 바른 인간인 척하는 가면을 벗어던지는 순간 순간이기 때문인지도 모른다. 모두들 반짝반짝 눈을 빛내며 담벼락 뒤에 숨어 작당하고 있는 느낌. 언제든 깔깔깔 웃을 준비가 되어 있는 느낌. 쉿 술렁술렁 두근두근 키득키득한 그 느낌. 짐짓 어른인 체하는 가면을 벗어던지고 순식간에 아무 걱정 없이 동네를 휘젓고 다니던 어린아이로 돌아간 것 같은 그 느낌. 그 느낌이 그렇게 좋은지도 모른다.

'30대 후반, 15년 차 사회인, 프리랜서 교정자'의 가면을 쓰고 사무실에 나가 '출판사 사장, 편집자, 엄마, 아내, 며느리'라는 여러 개의 가면을 쓰고 사무실에 나온 친구와 화장실에 누가 먼저 가나 달리기 시합을 하고, 서로의 책상으로 쓰레기를 던지고, 어둑어둑한 창고에서 책을 포장하면 슬그머니 다가가 창고 문을 닫아버리는 장난을 치면서 그렇게 깔깔거리는 순간순간마다 우리는 '30대 후반, 15년 차 사회인, 프리랜서 교정자', '출판사 사장, 편집자, 엄마, 아내, 며느리'가 아닌 그냥 너와 내가 되는 것이다. 숨통이 트이는 순간, 네가 가장 예쁜 순간, 아마 내가 가장 예쁠 순간이 바로 그때가 아닐까. 이제는 그때그때 상황에 맞추어 가면을 바꿔 쓰는 게 너무나 익숙해져서 내가 가면을 쓰고 있는지 아닌지도 잘 알 수 없는 지경에 이른 우리가 그냥 민낯을 드러내는 순간이, 그 민낯을 드러나게 해주는 것이 바로 이 장난의 순간이 아닐까.

어느 날 새벽녘, 세상모르고 자고 있던 내 귀에 "으어어어어!" 라는 비명소리가 들려왔다. 아빠 목소리였다. 깜짝 놀라 이불을 박차고 일어나 안방으로 달려갔다. 아빠에게 무슨 일이 생겼나? 아빠는 심근경색으로 스텐트 시술을 네 번이나 받은 환자, 몸에 언제 터질지 모를 시한폭탄을 안고 사는 환자였다. 안방으로 가는 몇 초 사이에 별별 생각이다 스쳐 지나갔다. 심장이 빠르게 두근거렸다.

안방에 들어가니 엄마가 모로 누운 아빠를 토닥이고 있었다. "왜 그래요? 무슨 일이에요? 아빠 아파요?" 다급히 묻는 내게 엄마가 조용히 속삭였다. "아냐, 아빠가 잠꼬대한 거야. 걱정하지 말고 가서 자." 나는 가슴을 쓸어내렸다. 아빠에게서 새근새근 고른 숨소리가 들려왔다. 나는 잠시 안방을 서성이다가 터덜터덜 방으로 돌아와 잠을 청했다.

다음 날 아침, 세 식구가 식탁에 마주 앉았다. "어제 아빠 왜 그런 거예요?" 내 물음에 아빠가 씨익 미소를 지었다. 꿈에 귀신이 나왔는데, 스멀스멀 귀신이 다가오는 게 느껴지는 거야. 아직 모습은 안 보여도 오는 게 느껴져. 그래서 문 뒤에 가 숨었어. 귀신이 오면 '왁!' 놀래서 쫓아버리려고. 아니 근데 귀신이 다 왔는데 소리가 안 나오는 거야. 입만 벙긋벙긋하니까 당황스럽고 답답해 죽겠더라고. 그래서 목소리가 나올 때까지 막 소리를 지른 거지. 꿈에서 소리 지른다는 게 진짜 입으로 나온 거고.

고작 이런 꿈 때문에 새벽에 그 애를 태웠나 싶어 허탈한 마음 반, 꿈에서 그것도 귀신을 상대로 장난을 치려 한 아빠가 웃긴 마음 반.

반반의 마음이 뒤섞여 웃음이 새어 나왔다. 그래, 귀신을 놀래 쫓아버리려 했는데 소리가 안 나오면 참 당황스럽긴 하겠다. 귀신은 왔는데 소리는 안 나오고 놀라서 줄행랑치는 귀신을 보며 통쾌해하려던 마음에는 점점 공포가 쌓여갔겠지.

아, 나는, 장난과 농담을 좋아하는 나는 이런 우리 아빠를 도저히 미워하려야 미워할 수가 없다. 너무, 사랑스럽잖아….

부끄러움은 나의 몫

천장이 보인다. 숨에서 술 냄새가 난다. 뒷머리가 묵직하다. 아, 어제 내가 또 술을 마셨구나, 마시고 마시고 마셨구나, 깨달음과 동시에 술자리에서 있었던 일이 하나둘 줄줄이 떠오른다. 보통 드라마에서는 발랄하고 씩씩한 여주인공이 허공에 발차기를 날리며 지난밤을 후회하지만 현실 속 그다지 발랄하지 않고 씩씩하지 않은 난 가만히 두 손을 들어 올려 머리카락을 붙잡고 지난밤을 후회한다.

신이 나서 큰 소리로 떠들고, 누군가에게 전화를 하고, 맨정신이었다면 하지 않았을, 아니 조금 더 정제해서 건넸을 말들을 하고, 하고, (아마) 또 하던 내 모습…. 어제의 기억이 선명해질수록 머리카락을 잡은 두 손에 힘이 들어가고 부끄러움에 돌돌 말린 몸을 이리 굴렸다, 저리 굴렸다 하는 속도도 빨라진다.

"죽는 날까지 하늘을 우러러/ 한 점 부끄럼이 없기를, / 잎새에 이는 바람에도/ 나는 괴로워했다." 고등학생 때 내가 가장 좋아하던 시, 때로는 진지하게 때로는 농담을 섞어 읊조리던 윤동주의 〈서시〉가 머릿속에 떠오른다. 시가 떠오를수록, 시인의 삶이 떠오를수록 부끄러움은 붉게, 붉게 농도를 더해간다. 〈맨인블랙〉에 등장하는 기억 삭제 장치가 실제로 존재한다면 얼마나 좋을까? 어제 나와 함께 술을 마셨던 사람들을 찾아가 "자, 여길 보세요. 하나, 둘, 셋, 번쩍!" 할 수 있을 텐데….

이렇듯 만취한 행인마냥 정신이 갈지자를 그리는데 부엌에서 달그락거리는 소리가 들려온다. 문을 열고 슬그머니 거실로 나가 보니 구수한 콩나물김칫국 냄새가 솔솔 풍겨온다. 싱크대 앞에서 분주한 엄마 옆으로 다가가 "역시 엄마밖에 없어"를 외치며 엄지손가락을 치켜든다. 하지만 엄마는 나에게 눈길도 주지 않은 채 뽀득뽀득 그릇을 닦으며 불만 가득한 목소리를 쏟아낸다. "평생 남편 해장국 끓일 일 없다고 좋아했더니 딸내미 해장국을 끓여다 바칠 줄 누가 알았겠어. 술 좀 적당히 마셔. 이기지도 못하는 술을 뭐 그렇게 마셔." 네, 네, 저도 지금 뼈저리게 후회하는 중입니다. 하나부터 열까지 부끄럽지 않은 게 없어서 어딘가로 사라지고 싶은 심정이랍니다.

후루룩후루룩, 콩나물김칫국에 밥을 말아 먹고 있자니 아직도 정신을 못 차린 발걸음이 크게 방향을 바꿔 저 먼 옛날 초등학교 6학년 언제쯤 있었던 일을 향해 비틀비틀 나아간다.

그 일은 어느 날 갑자기 시작됐다. 아침조회를 마친 담임선생님이 오전 수업 시간에 발표를 한 번도 하지 않으면 점심시간에 운동장에 나가 쓰레기 줍는 벌을 준다고 하셨다. 그래, 아마 나는 꽤 당황했을 것이다. 뭘 어떻게 해야 하지? 발표하기 정말 싫은데. 이 많은 사람 앞에서 소리 내 무언가를 말한다는 건, 모든 사람이 나를 주목한다는 건 생각만 해도 가슴이 벌렁거리고 얼굴이 붉어지고 몸이 배배 꼬이는 일인데. 1교시가 지나고, 2교시가 지나고, 3교시가 지나갔다. 다른 아이들은 손을 번쩍번쩍 들고 두 번 세 번 잘도 발표를 하는데 나는 손을 들 용기가 도저히 나지 않았다. 어쩌다 그래 이 질문에 대답할 수 있겠다 싶어 손을 들어도 더 적극적인 아이가 지명되었다. 어쩌면 내 손이 선생님께 신호를 보냈는지도 모른다. 선생님, 제가 손은 들었지만 절대 저를 시키지 마세요. 손은 들었지만 발표는 하고 싶지 않아요, 뭐 그런.

이 발표 제도가 얼마나 갔는지는 정확히 기억나지 않는다. 내가 몇 번 발표에 성공했는지도 확실치 않다. 하지만 몇몇 아이들과 함께 운동장을 어슬렁거리며 쓰레기를 줍던 기억은 선명하게 남아 있다. 왠지 억울하고, 창피했던 기분과 함께.

그래, 나는 그런 아이였어. 발표도 싫어하고, 토론도 싫어하는 아이. 궁금한 것도 별로 없고, 혹시 잘못 말하면 어쩌나 그래서 선생님한테 혼나거나 친구들의 웃음거리가 되면 어쩌나 하는 두려움 때문에 내 의견을 표현하는 것도 부담스러워한 아이. 얌전히 앉아 선생님의 설명을 듣고 외우는 주입식 교육이 딱 적성에 맞는 그런 아이. 그래, 난 원래 그런 사람이야. 잎새에 이는 바람에도 괴로워하는 그런 사람. 그래서 술 마신 다음 날, 이렇게 부끄러움에 몸부림치고 있는 거지.

얼마 전에는 이런 일도 있었다. 대학 친구이자 출판사 사장이자 내게 글 쓰고, 책 읽고, 일할 공간을 내어준 H가 누군가에게 나를 소개하며 이렇게 덧붙였다.

"이 친구는 대학 때 패스트푸드점에 가서 주문도 못 했어요."

그래, 그땐 그랬지. 주문하다 실수할까 봐, 잘못 말할까 봐, 바보처럼 보일까 봐, 내 목소리를 점원 외의 사람들이 듣는다는 게 부끄러워 음식을 주문하기 전에 늘 심호흡을 하고 가슴부터 쓸어내려야 했지. 지금도 크게 나아지진 않았지만.

콩나물김칫국을 먹고는 다시 비척비척 내 방으로 향한다. 이

불을 끌어안고 몸을 이리 돌렸다, 저리 돌렸다 한다. 핸드폰을 들어 액정을 확인한다. 아무것도 찍혀 있지 않은 텅 빈 화면이 오전 11시가 다 되어감을 알려주고 있을 뿐이다. 18년간의 음주 경험상 아직까지 아무에게도 연락이 오지 않는다는 건 어제 크게 실수될 만한 일도, 크게 부끄러울 만한 일도 없었다는 뜻이다. 갑자기 허무함이 몰려든다. 오늘 아침 나는 왜 그렇게 머리를 쥐어뜯으며 몸부림쳤던 것일까?

뭐가 그렇게 부끄럽느냐, 왜 그렇게 부끄러워하느냐 묻는다면 사실 "나도 잘 모른다"고 답할 수밖에 없다. 왜냐하면 나도 정말 모르니까. 낯선 환경에 놓였을 때, 모르는 사람을 만났을 때, 많은 사람 앞에서 무언가를 해야 할 때 지금 내가 부끄러워할 만한 상황에 놓였다는 사실을 자각하기도 전에 그 감정은 이미 나를 지배하고 있다. 마음속에는 당당하고 멋지고 세련된 커리어 우먼이 그려져 있는데 현실에는 마치 언니 옷을 빌려 입은 사람처럼 어색해하고 어쩔 줄 몰라 하는 내가 서 있는 것이다.

오늘만 해도 그렇다. 나도 취했지만 그대들도 취했었어요. 우리 서로 술기운 빌려 즐겁게 놀았으니 그걸로 만족합시다. 마음이 맞았다면 다음에 만나서 또 즐겁게 놀 수 있을 것이요, 그렇지 않았다면 그건 그것대로 어쩔 수 없는 일이지요. 그렇게 생각하고 그냥 털어버리면 될 것을 부끄러움에 사로잡혀 몇 시간을 끙끙거리고만 있다.

나는 대체 왜 이러는 걸까, 다시 자책 모드로 돌아갈 무렵 문득 번쩍, 하고 섬광처럼 하나의 깨달음이 머릿속에 떠오른다. 어쩌면 내가 지금 프리랜서 생활을 하고 있는 건 이 부끄러움 때문이 아닐까? 이런 나의 부끄러움이 내 인생의 방향을 결정한 것 아닐까?

'여러 사람 앞에서 내가 원하는 바, 생각하는 바를 소리 내 말할 때'마다 톡톡 터져 오르곤 하던 부끄러움이 정말 고역인 회의를, 부하직원의 도리로서 상사와 저자들에게 해야 할 자잘한 수발을 거부하게 만들고, '술 마신 다음 날'이면 줄줄이 찾아오던 부끄러움이 취한 나를 품어줄 마음 편한 사람들을 찾게 만들고, '낯선 사람과 만나는 자리'에서 똑똑똑 문을 두드리던 부끄러움이 익숙한 사람과 더 자주 만나도록 나를 이끌었던 것이다. 그렇게 마음속에서 생겨난 '걸림'들이, 남들에게는 아무것도 아닌 일로 스트레스를 받는 나의 '생김'이 결국 나를 홀로, 조금 더 자유롭게 일할 수 있는 프리랜서의 자리로 데려다 놓았다.

그래, 지금 나의 이 생활은 부끄러움 위에 지어진 것이구나. 성격이 인생을 어떻게 어디로 이끄는지 그 연관성을 확인한 기분이었다.

그로부터 며칠 뒤 부모님과 저녁을 먹으러 갔다. 외식을 자주 하지 않았던 우리 가족은 "이제 더 이상 밥하기 싫어!"라는 엄마의 뜻을 받들어 요즘 종종 밖에서 저녁을 먹는다. 이날의 메뉴는 해물칼국수. 맛집이란 정보를 입수하고 찾아간 곳이었지만 조금 이른 시간이라 그런지 꽤 커다란 홀에는 손님 몇이 듬성듬성 앉아 있을 뿐이었다.

우리는 곧 메뉴를 정했다. 얼큰 해물칼국수와 해물파전. 자, 이제 주문을 하자. 나는 더 이상 부모님께 보호받아야 할 어린애가 아니다, 나는 이제 부모님을 보호해야 할 입장에 있는 어른이다, 그러니 주문은 내가 해야 한다, 마음먹고 몰래 심호흡을 한다. 목표는 저기 부엌과 식탁 사이를 요리조리 오가는 이모님 한 분이다. 이모님이 손에 아무것도 들고 있지 않은 순간을, 이쪽으로 조금 더 가까이 오는 순간을, 나에게로 고개를 돌리는 그 순간을 노려야 한다. 내 목소리를 못 들으면 안 되니까, 여러 번 부르면 더 부끄러우니까 단번에 끝내야 한다. "여기요!" 목청껏 불러야 한다. 그런데 이 집은 왜 이렇게 홀이 넓은 거야. 다른 데보다 더 크게 불러야 하잖아. 속으로 궁시렁거리며 기회를 엿보고 있는데, 문득 내 앞에 희미한 미소를 띠운 채 가만히 앉아 있는 아빠가 보인다.

아, 그래, 생각해보면 어릴 적부터 우리 가족이 외식할 때마다 주문은 늘 엄마의 몫이었다. 반찬을 더 달라고 하는 것도, 계산을 하는 것도 늘 엄마였다. 아빠는 약간 수줍은 듯 조용히 앉아 주문한 음식이 나오기를, 빈 반찬 그릇이 다시 채워지기를 얌전히 기다릴 뿐이었다. 아, 나는 외모뿐 아니라 성격까지, 부끄러움을 타는 저 성격까지 아빠를 닮은 거였구나, 내 앞에 앉아 있는 저분은 나와 같은 결을 가진 사람이구나, 라는 깨달음이 찾아왔다. 그리고 묘하게 웃음이 났다. 닮다 닮다 이런 것도 닮는구나 싶어서.

그런 생각을 하고 있는데 옆에서 엄마가 "여기요!"라고 외치는 소리가 들린다. 아, 내가 주문하려고 했는데 기회를 놓쳤네. 그래, 어쩌면 나는 또 신호를 보내고 있었는지 모른다. 제가 주문을 하긴 할 건데 딱히 주문하고 싶진 않아요, 될 수 있으면 엄마가 해줬으면 좋겠어요, 뭐 그런. 그래, 나를 프리랜서로 이끈 건, 내 인생의 방향을 결정한 건 어쩌면 유전자의 힘이었을지도 모르겠다.

"별을 노래하는 마음으로 / 모든 죽어가는 것을 사랑해야지. / 그리고 나한테 주어진 길을 / 걸어가야겠다. // 오늘 밤에도 별이 바람에 스치운다."

후루룩후루룩, 칼국수를 먹는데 머릿속에서 또다시 윤동주의 〈서시〉가 떠오른다. 그래, 유전자가 주었든, 내가 스스로 만들어왔든 이렇게 생긴 대로 나는 나에게 주어진 길을 걸어가야겠다.

슬픔에는 무게가 없다

"나야."

젤리에게 전화가 왔다. 웬일인지 목소리가 꽉 잠겨 있다.

"안희주, 나 울었어."

이유인즉슨 이랬다. 젤리가 일하는 카페에 60대로 보이는 엄마와 30대로 보이는 아들이 왔다. 음료를 주문하고 한쪽에 앉은 두 모자는 왔다 갔다 하는 젤리를 흘끔거리며 자기들끼리 머리를 모은 채 소근거렸다. 궁금한 게 있는데 물어볼까 말까 망설이는 눈치였다. 한참을 주저하던 그들은 마침내 결심이 섰는지 일어서서 젤리에게 다가왔다.

"아가씨, 궁금한 게 하나 있는데 물어봐도 될까?"

"네, 물어보세요."

"아가씨 머리에 꽂은 그거 누가 죽어서 하는 거지?"

"네?"

"아니, 우리 아들이 그게 그냥 장식용 머리핀이라고 하길래, 나는 아니라고 했거든. 자꾸 우겨서 그럼 누구 말이 맞나 내기하자, 그러고 내가 물어보는 거야."

"아, 네…."

대답을 얼버무린 젤리는 그 길로 아무도 없는 공간을 찾아 들어가 홀로 울었다고 했다. 당시 젤리는 아버지 상을 치른 지 얼마 지나지 않아 머리에 상장(喪章)인 흰 머리핀을 꽂고 있던 터였다. 그들은 그 흰 머리핀의 용도가 궁금했나 보다. 그들에게는 그 흰 머리핀 위에 얹힌 상실의 슬픔 같은 건 보이지 않았나 보다. 얼마나 많은 눈물이 그 작은 머리핀 안에 담겨 있을지 상상조차 해보지 않았나 보다. 그저 타인의 슬픔을 상처를 내기의 대상으로 삼는 데, 자기 확신의 도구로 삼는 데 급급했나 보다.

우리는 타인의 슬픔에 얼마나 둔감한가. 그래서 얼마나 잔인해질 수 있는가. 든든하게 지켜주던 단단한 벽이 갑자기 무너져내린 충격 속에서 가슴을 치며 우는 친구를 지켜본 나는 두 모자의 잔인함을, 예의 없음을 비난하며 이런 물음을 머릿속에 떠올렸다.

슬픔의 무게를 잴 수 있을까? "너보다 A가 더 슬프니까 A 앞에서 너무 슬픈 티 내지 마." "뭐 그런 일로 슬퍼해? 배가 불렀구만." "한숨 자고 나면 훌훌 털어버릴 수 있어." "나도 다 겪어봤어. 그 정도 안 슬픈 사람이 어디 있냐. 공연히 엄살 부리지 마."

사람의 마음에서 슬픔을 뚝 떼어다 저울에 올리는 상상을 한다. 나와 너의 슬픔이 저울 위에 얌전히 앉아 있다. 이리저리 움직이던 저울추는 딱 중간에 멈춰 서 움직이지 않는다. 그럴 리가 없다고, 내가 더 무겁다고 나와 너의 슬픔이 손가락질을 하며 입씨름을 벌인다.

내 슬픔은 고통은 오롯이 나에게만 속한 것이기에 나에겐 100, 남에겐 0이 아닐까. 각각 100씩의 슬픔을 가진 사람들이 서로 내가 더 슬프네, 내가 더 아프네 입씨름하고 있는 것 아닐까. 애초에 비교할 수 없는 대상을, 무게를 잴 수 없는 대상을 억지로 붙여놓고 무겁다 가볍다 아무 의심 없이 막연히 평가 내리고 있는지 모른다.

"부모님을 위로해드려야지 따님이 이러고 계시면 어떡해요."

병원 관계자로 짐작되는 사람이 오빠를 영안실에 보내고 병원 한구석에 주저앉아 있는 내 머리 위로 말을 쏟아냈다. 눈물을 흘리며 화장실로 간 엄마의 뒷모습을 그저 멍하니 바라보고 있을 때였다. 그 사람의 말이 어깨를 잡고 흔들었다. '그래, 내가 힘을 내야지. 부모님이 쓰러지지 않도록 내가 옆에서 잘 보살펴야지.' 다리에 힘을 주고 끄응, 몸을 일으켜 화장실로 엄마를 찾아 나섰다.

그렇게 이틀을 보내고 마지막 발인 날 아침, 함께 있던 사촌 동생이 문득 "근데 누난 괜찮아?"라고 물었다. 그때 알았다. 그동안 나에게 괜찮냐고 물어본 사람이 아무도 없었다는 걸. 장례식장에 온 사람들이 대부분 내게 "네가 부모님을 잘 위로해드려"라고 말했고, 나도 그렇게 하겠다고 대답했지만 사실 나도 안 괜찮았다는 걸. 나도 슬펐다는 걸. 어쩌면 당시에 내가 정신이 없어서 괜찮냐는 말을 듣고도 잊어버렸는지 모른다. 사람들이 눈빛으로, 토닥임으로 건넨 위로를 눈치채지 못했을 수도 있다. 위로를 받아들일 만큼의 여유가 없었을지도.

하지만 그때는 누구도 내 슬픔엔 관심이 없구나, 부모님 앞에서 나는 슬퍼할 수 없구나, 모든 것을 압도하는 그 슬픔 앞에서 한 알의 모래 알갱이 같은 내 슬픔은 흔적도 없이 쓸려가 버리는구나, 나라도 내 슬픔에 관심을 기울여야겠다, 나라도 날 불쌍하게 여겨야겠다, 라고 생각할 뿐이었다. 그리고 그렇게 착실히 위험한 자기연민에 빠져들었다.

절망과 좌절을 이야기하거나 애인과 이별해 슬픔에 빠진 친구들을 보며, 겉으로는 위로의 말을 건넸지만 속으로는 코웃음을 쳤다. 너희가 슬픔에 대해 뭘 아니? 내가 더 아파. 내가 더 불쌍하다고. 애인이 죽은 건 아니잖아. 다시 만날 수 있잖아. 보고 싶으면 볼 수 있잖아. 보고 싶어도 볼 수 없다는 게 어떤 고통인지 너희는 모르잖아. 오만함에 빠져 타인의 슬픔을 보려고도 하지 않고 대번에 무시했다. 내 슬픔의 무게는 90, 너희 슬픔의 무게는 고작 10. 감히 번데기 앞에서 주름을 잡으려 하다니, 거만한 표정을 짓고는 얼굴에 잔뜩 주름을 잡았다.

이별은 작은 죽음이라고 한다. 연인과 이별했을 때 그동안 두 사람이 꿈꿔왔던, 만들어왔던 세계가 와르르 무너져내렸을 테니, 그 세계가 이전과 같은 모습으로 복원되는 일은 없을 테니 그 어찌 죽음이 아니겠는가. 나 역시 이런 이별을 경험한 후 내가 얼마나 오만했는지 절절히 깨달았다. 그 객기가, 허세가, 치기 어림이 너무나 부끄러워 고개를 들 수 없을 정도로.

슬픔에는 무게가 없다. 아니, 슬픔의 무게는 수시로 변하기에 붙잡고 측정할 수 없다는 게 조금 더 정확한 표현이리라. 아무렇지도 않다가 갑자기 거대한 바윗덩어리가 굴러떨어지듯 가슴을 구르며 쓰린 상처를 남기기도 하고, 내내 바람처럼 잔잔히 가슴을 스치며 씁쓸함을 곱씹게도 한다. 돌부리로 자라나 걸려 넘어지게도 하고, 계절이 변하듯 어김없이 찾아와 울컥거리게도 한다. 어떤 슬픔이든 겪고 있는 사람은 아프기 마련이다.

상상력의 부재가 인간을 잔인하게 만든다. 공감하지 못하는 마음이 예의 없는 태도를 낳는다. 반대로 타인의 슬픔을, 나아가 그들의 삶을 상상하고 그것에 공감한다면 한 사람을, 그 사람의 세계를 구할 수도 있다. 자기연민이라는 독화살에 맞아 시름시름 앓고 있는 누군가가 다른 사람에게 자신이 맞은 것과 똑같은 독화살을 쏘아대는 걸 막을 수도 있다. 나는 그렇게 믿는다.

장례식장에 갈 일이 생기거나 슬픔에 빠진 친구를 보면 나는 우선 내 앞에 있는 그 사람의 슬픔에 관심을 가지려 노력한다. 슬픔에 빠진 사람에게 당신보다 더 슬픈 누군가를, 더 힘든 누군가를 보살피라고, 그 누군가에게 힘이 되어주라고 말하지 않으려 조심히 말을 고른다. 우선 당신의 슬픔을 보살피라고, 내가 당신의 슬픔에 귀 기울이고 있다고, 괜찮으니까 다 말하고 울고 싶은 만큼 울어도 된다고, 당신이 당신의 슬픔과 마주하고 이겨낸 뒤에야 주변 사람의 슬픔도 보살필 수 있는 거라고. 이런 나의 마음이 전달되기를 바라며, 한편으로는 상처받은 들짐승처럼 잔뜩 독이 올라 있던 20대의 내 모습을 떠올린다.

슬픔은 자꾸 겪다 보면 무뎌지는 것일까? 눈물은 언젠가 마를 날이 있을까? 그건 아직 모르겠다. 그저 잊을 만하면 찾아오는 슬픔에 몸서리치며, 누구 하나 슬프지 않은 사람은 없다는 사실을 떠올리며 함께 견뎌나가는 수밖에….

슬픔은 자꾸 겪다 보면 무뎌지는 걸까?

그건 아직 모르겠다.

누구 하나 슬프지 않은 사람은 없다는 사실을 떠올리며

함께 견뎌내는 수밖에….

3부

아빠, 제발, 좀

부모님과 식탁에 앉아 밥을 먹는다. 시선 끝에 맞은편에 앉은 아빠의 젓가락이 걸린다. 한 번, 두 번, 세 번. 듬뿍 뜬 김치, 가지무침, 콩나물무침이 아빠의 입속으로 들어간다. 저렇게 드시면 짤 텐데…. 심장에 스텐트를 네 개나 넣은 분이 저렇게 짜게 드시면 쓰나. 몸이 아프면 알아서 전보다 싱겁게 먹도록 노력해야지. 왜 자기 몸 관리를 스스로 안 하는 걸까. 속이 부글부글 끓어오른다. 눈에서 레이저를 쏘며 아빠의 젓가락질을 이제 그만 저지할까 말까 고민하는 사이 옆에서 엄마의 목소리가 들려온다.

"밥이랑 같이 좀 먹지. 밥 한 번에 반찬을 몇 번씩 먹는 거야."

엄마, 나이스. 짝짝짝짝. 훌륭한 타이밍이었어요. 속이 다 후련하네.

"아니에요. 이거 안 짜요. 반찬이 싱거워서 괜찮아요."

아빠의 대답이 대뜸 명치를 치고 들어온다. 다시 목구멍이 답답해지고 이전보다 더욱 맹렬한 기세로 속이 부글부글 끓어오른다. 아빠, 반찬 안 싱겁거든요. 요즘 엄마 반찬 간이 점점 세지고 있는데요. 미각을 잃으셨나 봐요. 소리 없는 아우성이 식탁 위를 맴돈다.

"밥 먹었으니 소화도 시킬 겸 동네 한 바퀴 돌고 옵시다."

식사 후, 엄마가 소파에 앉은 아빠에게 다가가 말한다. 아빠는 소파에 불량한 자세로 앉아 텔레비전을 뚫어지게 바라보고 있다. 텔레비전 화면에 시선을 고정한 채 볼록 나온 배를 퉁퉁 두드린다.

"나는요, 운동하면 안 돼요. 더 아파요."

아빠가 배를 두드리던 손을 들어 올리고는 엄마를 향해 설레설레 흔든다. 소파 끄트머리에 앉아 있던 나는 이글거리는 눈동자를 장착하고 다시 아빠를 쏘아본다. 저건 또 무슨 논리지? 아빠, 엄마가 동네를 뛰자는 것도 아니고, 경보를 하자는 것도 아니고, 두세 시간씩 걷자는 것도 아니고 살살 걸으며 소화시키고 오자는 거잖아요. 택시 운전하느라 하루 종일 앉아만 있었으니 아빠 건강 나빠질까 봐, 아빠 생각해서 걷자는 건데…. 산책 안 나가면 아빠는 그 자세 그대로 앉아서 텔레비전만 보다가 이불 속에 쏙 들어갈 거고, 그럼 주무시다 일어나서 속 불편하다고, 역류성 식도염 생겼다고 위장약 드실 거잖아요!

꺼져가던 불씨가 갑자기 불어닥친 바람에 다시 활활 타오른다. 불씨 위에 걸어놓은 속이, 식어가던 속이 또다시 부글부글 끓어오른다. 몇 번 더 아빠를 설득하던 엄마는 아빠가 요지부동 움직일 줄 모르자 항복을 선언한다.

"그렇게 앉으면 허리 더 안 좋아져. 똑바로 앉아야 안 아프지."

직업병인지, 연세 때문인지 허리가 아프고 다리가 저리다는 아빠가 소파에 누운 듯 앉은 듯 몸을 부리고 있자 엄마가 지적한다. 아닌 게 아니라 아빠는 머리를 소파 등에 대고, 엉덩이는 소파 의자 끝에 걸친 채 몸을 일자로 쭉 펴고 있다. 아빠, 누가 보면 루지(luge) 선수인 줄 알겠어요. 동계올림픽 나가자고 할 자세라고요. 나는 아빠 옆에 앉아 속으로 구시렁거린다.

"아니에요, 난 이게 편해요."

아빠는 나를 그냥 내버려두라는 듯 다시 배를 통통 두드리며 말한다. 에휴, 아빠! 그러고는 또 엉치 아프다고, 다리 저리다고 끙끙대며, 파스를 여기 붙여라 저기 붙여라 하실 거잖아요. 병원에 가자고 하면 의사는 믿을 게 못 된다, 돈이 아깝다 할 거고요. 이것도 저것도 안 하고 엄마랑 내 앞에서만 아프다고 하소연할 게 불을 보듯 뻔하다고요오오오!

나도 이제 항복이다. 두 손 두 발 다 들었다. 차라리 안 보고 안 듣고 말자. 나는 소파 끄트머리에서 엉덩이를 떼고 물을 한 잔 따라 방으로 들어간다. 바람구멍을 막고 물을 들이부었더니 뜨겁게 달아오르던 불길이 서서히 가라앉는다.

올해 2월, 아빠는 심장에 네 번째 스텐트를 넣었다. 심장 혈관이 좁아지는 심근경색이 찾아와 10년이 넘는 시간 동안 천천히 하나, 둘, 셋, 네 개의 스텐트를 몸에 심은 것이다. 의사는 아빠의 피가 다른 사람들에 비해 찐득찐득하다고 했다. 그 찐득찐득한 피가 뭉쳐서 아빠의 심장을 공격했다.

이번에도 전조 증상이 있었다. 1월부터 자주 가슴이 아프다고 말했다. 통증이 세지는 않았지만 찾아오는 주기가 너무 짧았다. 병원에 안 가겠다, 지금 가도 병원에서 해줄 게 없다, 고집부리던 아빠를 설득해 병원에 갔다. 심전도, 피검사 결과 아무 이상이 없었다. 이상이 없다니 다행이네. 근데 왜 이렇게 자주 아프지? 잘 지켜보다 정기검진하는 4월에 혈관 조영 검사를 받아보자. 조금이라도 이상하면 바로 말해요.

점심은 뭐 먹을까? 장에서 뻥튀기나 사 갑시다. 이런저런 대화를 나누며 엄마, 아빠와 함께 타달타달 집으로 돌아왔다.

그리고 일주일 뒤 새벽, 급하게 엄마가 방문을 두드렸다. 올 것이 왔구나 싶었다. 벌떡 일어나 시계를 보니 새벽 4시 반. 급하게 옷을 주워 입고, 괴로워하는 아빠를 모시고 택시를 탔다. 구급차를 부르겠다는 우리를 극구 말리던 아빠는 택시 뒷자리에 앉아 신음을 흘렸다. 택시는 차가 없는 새벽길을 막힘없이 달렸다. 어쩌다 신호에 걸리기라도 하면 아빠가 당장 어떻게 될 것 같아 속이 바짝바짝 타들어 갔다.

병원 응급실에 도착했다. 얼굴이 하얗게 질려서 고통스러워하는 아빠를 두고 접수처에서 서류를 작성했다. 이름, 주소, 전화번호를 적은 접수 서류를 수납처에 내는데 그곳에 서 있던 직원이 아빠를 흘끔 보고는 "배 아파서 오셨어요?"라고 물었다. "심장이요, 심근경색이에요." 엄마가 낮고 빠르게 대답했다. 니 눈에는 이게 배 아픈 걸로 보이냐? 지금 서류 작성하고 접수하는 게 중요해? 당장 어떻게 될지도 모르는 환자가 왔는데, 절차가 그렇게 중요하냐고! 초조함과 불안, 걱정, 안타까움, 속상함 등이 뭉쳐서 애먼 사람에 대한 분노로 솟아올랐다.

응급실에는 환자 외에 보호자가 한 명만 들어갈 수 있었다. 엄마, 아빠가 급히 응급실로 들어가고, 나는 터덜터덜 응급실 옆 보호자 대기실로 향했다. 서너 명 정도 되는 사람들이 듬성듬성 앉아서 텔레비전을 보거나 맨 뒷줄에 몸을 누인 채 쪽잠을 자고 있었다. 나도 구석 의자에 앉아 멍하니 텔레비전에 눈길을 주었다.

시간이 천천히 흘러갔다. 눈을 돌려 창밖을 바라보니 파랗게 날이 밝아오고 있었다. 그 파란 배경 위로 털모자를 눌러 쓰고 추리닝 바지에 두꺼운 겨울 점퍼를 걸친 내 모습이 비쳐 보였다. 이번에는 아빠가 돌아가실 수도 있겠다는 생각이 들었다. 그럼 무얼 어떻게 해야 하지? 무얼 준비해야 하나? 앞으로 엄마랑 둘이 어떻게 살아야 할까? 등등 수많은 생각이 머릿속에서 노를 저으며 이리저리 떠다녔다.

그러다 문득 궁금해졌다. 아빠는 이번 삶이 만족스러웠을까? 즐거웠을까? 그동안 잘 살아왔다고 웃으며 지난 시간을 돌아볼까? 피곤하고 힘든 삶이었다고 생각하는 건 아닐까? 이렇게 살지 않았으면 좋았을 거라고 후회하지는 않을까? 그리고 다짐했다. 아빠께 시간이 더 주어진다면, 나에게 아빠와 함께할 시간이 더 주어진다면 그 남은 시간

동안 아빠가 원하는 대로 아빠가 가장 행복한 형태의 삶을 사실 수 있도록 옆에서 힘껏 도와야겠다고. 이래라저래라 하지 않고, 드시고 싶은 것, 하시고 싶은 것 참지 않고 하실 수 있도록 간섭하지 말아야겠다고.

싱겁게 먹어라, 운동해라, 되도록 라면, 과자는 먹지 마라, 바로 앉아라, 어서 자라…. 다 아빠의 건강을 위한 거라고, 아빠를 사랑하니까 더 오래 우리 곁에 있어주기를 바라기 때문에 하는 잔소리라고 합리화했지만 그건 어쩌면 내 욕심이었는지도 모르겠다는 생각이 들었다. 물론 아빠를 사랑하고 아빠와 오래오래 즐겁게 살고 싶은 마음은 변함이 없다. 그러나 아빠가, 아빠라는 한 인간이 건강하고 행복한 삶을 살기를 바라는 마음보다는 내가 헤어지고 싶지 않다는 마음, 내가 슬프기 싫다는 마음, 우리 옆에 오래 있어야 한다는 마음이, 곧 나의 욕심이 먼저였다는 것을 깨달았다.

'이건 포기일까?'라는 의심이 솟았다. 하지만 곧 고개를 가로저었다. 그건 '포기'가 아니라 '받아들임'이었다. 언젠가는 겪어야 할 아빠와의 이별을 받아들임, 아빠를 한 인간으로 받아들임, 내 욕심을 깨닫고 받아들임이었다. 아빠가 돌아가셔도 후회하지 않게, 조금 덜 후회하게 계신 동안 재밌게 지내야지, 아빠가 조금 더 많이 웃을 수 있게 더 괴롭히고(?), 더 많이 애정을 표현해야지, 마음먹었다.

시술을 무사히 마친 아빠가 퇴원하시고 어느덧 7개월이 흘렀다. 잔소리하지 않기로 마음먹었으니, 아빠가 편하고 행복하면 됐다 생각하기로 마음먹었으니, 뭐라 하지는 못하고 눈빛으로 레이저만 실컷 쏘다 방으로 들어왔다. 그래, 사춘기가 지나 스스로 생각하고 판단할 수 있게 된 인간은 내 마음대로 어떻게 할 수 없다는 거 잘 알잖아. 나만 해도 드럽게 말 안 듣잖아. 앞에선 듣는 척하고 결국엔 내 마음대로 해버리잖아. 이런 생각을 하며 부글부글 끓어오르는 속을 잠재운다.

보호자 대기실에서 솟아올랐던, 아빠를 살려주면 무엇이든 하겠다는 간절한 마음은 일상의 짜증이 덧칠해지면서 희미해지고 말았다. 아빠의 잘못을 지적하고, 아빠가 이렇게 저렇게 하기를 바라고, 내 기분 상태에 따라 아빠에게 화를 냈다가 내가 필요할 때면 다가가 간살을 떨었다.

인간이란 이런 거야. 머리로는 알아도 실천은 쉽지 않아. 뭔가를 깨달았다고 해도 금방 잊어버리고 또 똑같은 실수를 반복하지. 그러고는 머리를 쥐어뜯으며 후회해.

가족이란 어쩌면 꺼내도 꺼내도 끊임없이 '후회'가 솟아나는, 후회의 화수분인지도 모르겠다.

밤 12시가 넘은 시각. '삑' 교통카드를 찍고 개찰구 밖으로 나왔다. 날숨에서 알코올 향이 퍼졌다. 평소보다 느린 발걸음. 나와 함께 막차에서 내린 두세 사람이 나를 앞질러 저만치 멀어져 갔다. 그래, 지금은 늦은 밤. 저렇게 걸음을 빨리해야 하는 시간이다. 하지만 이왕 늦은 거 나는 천천히 갈 테다. 하늘도 한 번 올려다보고, 계단에서 넘어지면 안 되니까 조심조심 걸어 사거리 횡단보도 앞에 섰다. 그때 대각선 맞은편 어두워진 상가 건물 앞을 왔다 갔다 하는 익숙한 실루엣이 보였다. 엄마다. 엄마는 핸드폰을 한 번 보고는 내가 서 있는 횡단보도 쪽을 바라봤다. 저 여기 있어요. 번쩍 손을 들고 흔들었다. 그래, 엄마도 봤어. 엄마가 한 손을 들어 보였다.

"일찍 일찍 다니지. 지금이 몇 시야."

"어두운데 뭐 하러 나왔어요. 그냥 집에 계시지."

"어두우니까 나왔지. 나는 다 늙어서 괜찮지만 너는 젊은 아가씨라 위험해."

"늦게 오면 먼저 주무셔요. 올 때까지 기다리지 말고."

"니가 안 들어왔는데 어떻게 자. 난 못 해."

엄마의 팔을 잡은 손에 꼬옥 힘을 주었다. 그걸로 대답을 대신 했다. 엄마를 보니 반갑고, 안심되고, 든든하고, 고맙고, 따뜻하고, 좋은데 딱 그만큼 숨이 막혔다.

몹시 추운 날이었다. 밤이었고, 막 스물한 살이 된 나는 작은 초등학교 건물 한쪽 귀퉁이에서 핸드폰을 손에 쥔 채 손톱을 물어뜯고 있었다. 더 이상 아이들이 오가지 않는, 더 이상 책을 읽지 않고, 노래하지 않고, 뛰어놀지 않고, 울지도 웃지도 않는 이 초등학교는 숙소로 개조되어 풍물 전수관으로 사용되고 있었다. 여름과 겨울, 방학이 시작되면 전국의 풍물패가 일주일씩 전수관에 머물다 갔다. 이제 이곳에서는 쇠가 뛰어놀고, 징이 울고, 북이 춤추고, 장구가 노래하고, 수많은 젊음이 웃고 울었다.

나는 학교 건물에서 새어 나오는 민요 가락, 혈기왕성한 젊음이 토해내는 비명에 가까운 웃음소리를 들으며 핸드폰을 누르고 있었다. 초조했다. 빨리 방으로 돌아가 저 안에 녹아들고 싶었다. 함께 민요를 부르고, 게임을 하고, 마음껏 큰 소리로 떠들고 싶었다. 건물 앞 운동장에는 하얗게 눈이 쌓여 있었다. 아니, 수많은 사람의 발에 밟혀 단단하게 굳은, 얼음에 가까워진 눈이 호기심 많은 어린아이의 눈동자처럼 반짝반짝 빛을 내며 나를 지켜보고 있었다.

뚜르르. 신호가 한 번 울리기도 전에 상대가 전화를 받았다. 엄마다.

"여보세요. 엄마, 저예요."

"너 거기 내려간 지 며칠째니?"

엄마는 화가 나 있었다. 나에게 화를 내기 위해 단단히 준비한 사람처럼 망설임 없이 화를 쏟아냈다. 왜지? 나는 영문을 알 수 없었다. 당황해서 난감하게 얽힌 말을 어물어물 흘려보냈다.

"네? 오늘…, 2일째인가…, 3일째인가?"

"근데 어떻게 집에 전화 한 통을 안 해?"

"전수관에서 핸드폰 쓰지 말라고…."

"아무리 그래도 그렇지. 잘 도착했으면 도착했다, 별일 없으면 별일 없다 연락을 해야지 어떻게 며칠 동안 연락을 안 하니."

내가 가고 싶어 하는 곳에서 들려오는 웃음소리, 내가 만들어내고 있는 눈처럼 얼음처럼 차갑고 무거운 침묵 속으로 엄마의 흐느낌 소리가 섞여들었다.

"니가 어떻게 엄마한테 이럴 수가 있어. 어떻게 이럴 수가 있어…."

바보처럼 멍하니 서 있던 내 머릿속에 반짝 불이 들어왔다. 연락이 안 된 그 며칠 동안 엄마는 남은 자식마저 어떻게 된 건 아닌지, 끊임없이 나쁜 상상을 되풀이하며 지옥을 걷고 있었겠구나. 오빠가 떠난 지 겨우 세 달 남짓, 아직 생생하게 피 흘리고 있는 그 상처가 나 때문에 더욱 애달프게 울부짖었겠구나. 매여 있지 않은 들소처럼 이곳저곳을 오고 가던 방임의 세상은 이제 끝이 났구나. 그때 처음 확실히 깨달았다. 내가 살던 세상이 달라졌음을. 몸을 뒤집고, 옷을 갈아입고, 색을 바꿔버렸음을.

그리고 나는 흐느꼈다. 전화기를 붙들고 엄마와 함께. 엄마한테 미안해서, 오빠가 미워서, 변해버린 세상이 너무 낯설어서.

그날 그 초등학교 건물 밖 귀퉁이에서 나는 어떤 문을 하나 닫았다. 차가운 문고리를 만지작거리다 놓아버렸다. 문고리를 돌려 활짝

문을 열고 밖으로 걸어 나가지 못했다. 그 후 하나둘 주변 사람들이 자기 앞에 놓인 문을 열고, 마땅히 통과해야 할 그 문을 열고 뚜벅뚜벅 걸어 나갈 때에도 나는 닫힌 문 앞에 쭈그리고 앉아 그 모습을 하염없이 바라만 보았다. 모두 참 당당하고 멋있어 보였다. 제자리에 가만히 앉아 '밖으로 나가면 어떻게 될까'를 끝없이 생각만 하는 나, 자리에서 일어섰다 다시 주저앉기를 반복하는 나, 그런 나는 그렇게 모자라 보일 수가 없었다.

"너까지 잘못되면 그땐 엄만 못 살아."

내 목숨이 내 것이 아니라는 확실한 실감, 누군가의 목숨이 어깨 위에 올라앉아 있다는 확실한 무게감이 무릎을 꺾고 나를 바닥에 주저앉혔다. 하지만 사실 나를 괴롭히는 악당은 따로 있었다. 나의 민낯. 겹겹이 덮어두었던 진실. 나에게 지워진 짐을 핑계 삼아 용기 없는 자신의 모습을 외면하고 스스로 주저앉은, 일어날 생각조차 하지 않은 비겁함. 내 안위를 인질 삼고 엄마의 사랑을 필요에 따라 이용한 교활함. 엄마가 당신의 목숨을 인질 삼아 나를 원하는 모습으로 다듬어가려 했듯이, 두 번 다시 그런 아픔은 겪기 싫다 발버둥 치는 당신의 마음을 사랑이라는 이름으로 포장했듯이, 나 역시 그 마음을 이용하고, 내 마음을 앞세웠다.

목줄에 대해 생각했다. 내 목엔 목줄이 걸려 있다. 언제부터 목줄이 있었는지, 누가 걸었는지는 모른다. 아마 꽤 오래전부터 걸려 있었을 것이다. 내가 걸었을 수도 있고, 부모님 혹은 또 다른 누군가가 걸었을 수도 있다. 사랑, 두려움, 미움, 질투, 열등감, 편견, 고집, 욕망, 집착…. 나를 뒤흔드는 다양한 감정이 목줄 안에 담겨 있다. 사람들도 모두 저마다 다양한 모양과 크기, 굵기, 길이의 목줄을 감고 있다. 중요한 건 그 목줄이 누구의 손에 들어가 있느냐다. 나를 뒤흔들 권리를, 나를 이리저리 끌고 다닐 권리를 누구한테 주었는가? 내 목에 걸린 목줄을 내가 단단히 쥐고 있는가?

어느 순간 나는 내 목줄을 내가 쥐고 있지 않음을 깨달았다. 엄마 손에, 아빠 손에 목줄을 내어주고선 끌려가지 않으려 주저앉아 버티다 몸과 마음에 상처를 입었다. 끌고 가라 내어주고선, 뒤흔들라 내어주고선 끌려가지 않으려 흔들리지 않으려 버티는 모순.

목줄을 가져온다고 당장 세상이, 내가 변하진 않을 것이다. 주변의 사람에 상황에 휩쓸리지 않고 혼자 걸음을 떼려면 연습이 필요하다. 스물한 살 때 닫힌 그 문 앞에서도 떠나야 한다. 자꾸 닫힌 문 앞을 서성이거나 그 문을 돌아보지 않도록. 천천히 굳세게 걸어 또 다른 문을, 변해버린 세상이 만들어놓은 또 다른 문을 찾고, 그 문으로 걸어 나가야지.

엄마는 전사가 되었다. 아빠와 나를 지키는 전사. 우리가 해를 입지 않도록, 상처 입지 않도록, 아프지 않도록 방어하고, 살피고, 단속하느라 매일매일이 종종걸음이다. 그런 엄마를 옆에서 지켜보고 있으면 '엄마도 원해서 전사가 된 건 아닐 텐데', '엄마도 자식을 믿고 지켜봐주는 쿨한 엄마가 되고 싶었을지 모르는데'라는 생각이 들어 가슴이 저리다. 내가 품 안에서 빠져나가려 할 때마다 지금이 이 아이를 보는 마지막 순간이 아닐까 하는 불안, 이런 내 마음이 이 아이의 발목을 잡는 건 아닐까 하는 죄책감 사이에서 갈등하고 아파하는 모습이 보여 가슴이 저리다. 이런 엄마를 지켜주는 전사는 누굴까, 아빠와 나는 이렇게까지 엄마를 지켜주지 못하는데 싶어 가슴이 저리다.

엄마가 나의 전사가 아닌 친구가 될 수 있기를, 그날이 언젠가는 찾아오기를, 늘 나쁜 딸일 수밖에 없는 나는 빌어본다.

열정 없는 인간

한창 취업을 준비할 때였다. 학교를 어슬렁거리다 만난 한 선배가 우리 과 선배가 편집장으로 있는 영화 잡지사에서 사람을 뽑으니 생각 있으면 원서를 넣어보라고 말해주었다. 동기들은 일찌감치 도서관에 앉아 토익이다 토플이다 자격증이다 준비하는데 나는 운동장 한쪽 구석에 앉아 꽹과리를 깡깡거리며 '저런 광풍 속에 말려들지 않겠어. 회사 가서 사용하지도 않을 영어 따위 공부하지 않겠어' 아무것도 가진 것 없으면서 청개구리 심보만 발휘하다가 막상 취업할 때가 되자 '이제라도 영어 학원에 다녀야 하나' 고민하던 즈음이라 선배의 말이 그렇게 반가울 수가 없었다.

우선 서점에 가서 내가 원서를 넣게 될 (마음속으로는 이미 우리 회사인) 곳에서 발행한 잡지를 구입했다. 한 장 한 장 페이지를 넘기며 어떤 기사가 어떤 톤으로 쓰여 있는지 확인했다. 발랄하고 재미있게 정보를 제공하는 글이 가득했다. 영화는 기본적으로 좋아하는 데다 이런 글을 쓰는 일이면 재미있게 잘할 수 있을 것 같다는 자신감이 솟아났다.

바로 입사지원서를 작성했다. 자격 및 면허, 경력, 어학 능력 칸은 텅 빈 겨울 들판처럼 쓸쓸하고 찬바람만 가득했으나 자기소개서는 달랐다. 어릴 적 아빠 손을 잡고 비디오가게에 가서 양손 가득 중국 무협 영화 〈의천도룡기〉, 〈동방불패〉, 〈소호강호〉 등을 빌려오던 추억, 그렇게 엄마 아빠 오빠 내가 쪼르륵 누워 밤새 영화를 보던 추억, 어둠 속에서 홀로 밝게 빛나던 텔레비전, 달칵 탁 윙윙윙 비디오가 나오고 들어가고 돌아가던 소리, 그 빛과 소리와 풍경이 나에게 새긴 것들, 하늘을 붕붕 날아다니고 장풍을 쏘고 사자후를 내뱉는 그 영화가 내 가슴속에 뿌린 씨앗 같은 이야기들을 거침없이 풀어놓았다. 황금빛으로 빛나는 벼가 꽉 찬 풍요로운 들판처럼, 그 들판을 쓰다듬고 지나가는 시원한 가을바람처럼 자기소개서 칸만은 풍성하고 따뜻하고 평화로웠다. 내가 봐도 썩 잘 쓴 것 같아. 혼자 만족해하며 입사지원서를 (우리 회사에) 전송했다.

며칠 뒤 입사지원서가 통과되었으니 면접을 보러 오라는 연락을 받았다. 나의 예상대로군. 기뻐하며 약속된 시간에 약속된 장소를 찾아갔다. 가슴이 요동치고 손에서 쉴 새 없이 땀이 솟아났다. 우리 과 선배라는 그 편집장님과 그분 사무실 소파에 마주 앉았다. 이력서와 나를 번갈아 바라보던 그분이 내게 처음 건넨 말은 “다른 사람인 줄 알았어요. 사진을, 보정을 많이 했네요?"였다. "아, 네…." 예상치 못한 사진 언급에 몹시 당황해서 바보처럼 말을 얼버무렸다. '아저씨, 보정 너무 심한 거 아니에요?' '이 정도는 괜찮아. 다들 이렇게 해.' 얼마 전 입사지원서에 넣을 증명사진을 찍으러 간 사진관에서 아저씨와 나눈 대화가 머릿속을 어지러이 떠돌아다닐 뿐이었다. 그 이후로 어떤 대화가 오갔는지는 잘 기억나지 않는다. 나는 대체로 '어, 아, 그냥' 같은 말을 섞어서 더듬더듬 논리성이란 조금도 찾아볼 수 없게 말하는 유형의 사람이다. 아주 가끔 가물에 콩 나듯 차분하게 논리적으로 말하기도 하지만 생각지 못한 질문이 들어오거나 상대가 예상에서 벗어난 반응을 보이면 말은 다시 갈 곳을 잃고 비논리의 세상 속으로 빠져든다. 아마 그때의 그 면접에서도, 당황으로 시작한 그 면접에서도 질문 너머 어딘가를, 답변 너머 어딘가를 더듬더듬 헤매었을 것이다.

그러다 마지막 말이, 그분이 나에게 던진 마지막 질문이 머릿속에 가슴속에 콕 박혀 들었다. "우리 회사에 다니고 싶은 거 맞아요?" "네? 다니고 싶은데요…." 이건 또 무슨 의도를 가진 질문인가 싶어 나는 다시 바보처럼 말을 얼버무렸다. "별로 다니고 싶지 않은 사람 같아

보여서요." "아닌데요. 다니고 싶어요." 나는 최대한 간절함을 담아 말했고, 편집장님은 그저 웃어 보일 뿐이었다. 그렇게 나는 안녕을 고했다. 며칠간 머릿속에서 열심히도 다녔던 우리 회사와.

그로부터 몇 년 뒤, 여행책을 여러 권 펴낸 유명 저자를 만난 적이 있다. 함께 식사를 하고 차를 마시는 내내 나는 감탄할 수밖에 없었다. 그렇게 에너지 넘치는 사람을, 그렇게 지치지 않는 사람을 처음 보았던 것이다. '와, 어떻게 저런 기운을 가질 수 있지', '와, 정말 대단하다' 속으로 감탄하고 있는데 그분이 불쑥 나에게 말했다. "희주 씨는 젊은 사람이 왜 이렇게 힘이 없어요?" "네?" 속으로 감탄사를 연발하며 그분이 다다다다 쏟아내는 말을 멍하니 듣고 있던 나는 갑자기 나에게 던져진 질문에 당황해 허둥거렸다. "아, 저, 그게…." 이럴 땐 뭐라고 대답해야 하나 고민하고 있는 사이 그분은 대답을 기대하고 던진 질문이 아니었다는 듯 다시 자신의 이야기로 돌아갔다. '내가 그렇게 기운 없어 보이나?' 초강력 태풍이 휩쓸고 지나간 자리에 부서진 건물의 잔해가 나뒹굴 듯, 질문 아닌 질문이 휩쓸고 간 내 안에는 이 물음만이 나뒹굴고 있었다.

별로 좋아하지 않는 것 같아. 왜 이렇게 기운이 없니? 무기력해 보여. 희주는 치열하지 않아. 열정을 가져. 열심히 좀 해봐. 그렇게 게을러서 어떡하니. 잊을 만하면 들어왔다. 이런 말들을. 처음엔 '내가 그런가?' 대수롭지 않게 생각했던 말들이 '내가 너무 대충대충 사나?' '내가 그렇게 게으른가?' '내가 잘못 살고 있나?' 시간이 지날수록 깎이고 깎여 날카로운 비수가 되었다. 이런 말을 들을 때마다 혼나는 기분이 들었다. 혼나는 건 내가 잘못했기 때문이니까, 잘못은 고쳐야 하니까 고치기 위해 노력했다. 더 열심히 살려고 잠을 줄여보기도 하고, 일도 더 많이 받아서 하고, 하기 싫은 일 부끄러운 일 두려운 일도 우선 해봐야 극복이 될 거라며 억지로라도 하려고 노력했다. 그런데 그렇게 살다 보니 힘이 들고 우울했다. 우울해지고 우울해지고 우울해져서 '이렇게까지 살아야 해?'라는 생각이 들었다. 이건, 아닌 것 같았다.

내가 도대체 뭘 그렇게 잘못 살고 있는 거지? 나도 나름대로 열심히 살고 있는데 왜 그러는 거야? 내가 뭘 그렇게 잘못해서 맨날 혼나야 하는 거냐고? 남에게 피해 안 주고, 주어진 일 하면서 그렇게 하루

하루 조용히 평화롭게 살면 안 되는 거야? 도대체 얼마나 더 해야 얼마나 더 열심히 살아야 제대로 사는 건데? 항상 기운이 넘쳐서 열정적으로 이 일도 저 일도 척척척 다 해내야 잘 사는 거야? 쉽게 지치고, 그래서 쉬엄쉬엄 느슨하게 사는 나 같은 사람은 다 실패자야? 소리 지르고 싶은 심정, 따져 묻고 싶은 심정이 되었다.

그런데 문제는, 더 큰 문제는 세상이 나에게 쏟아부은 말들을 내면화한 내가 그 기준으로 세상의 기준으로 나를 평가하고 채찍질하며 자신을 부적응자, 낙오자, 모지리, 못난이로 취급하고 있었다는 것이다. 나조차 나를 미워하고 홀대하고 학대하고 있었으니, 어디에 가서 무엇을 하든 즐거울 리 없었다.

예전에 어떤 선생님은 나를 가리켜 "희주는 시동 걸리는 데 시간이 좀 걸려. 하지만 시동이 걸리면 내처 달려 나가지"라고 말씀하셨다. 슬로 스타터(Slow Starter). 어쩌면 나는 모든 세상에 낯을 가리는 사람인지도 모른다. 처음 만나는 사람뿐 아니라 처음 하는 일, 처음 사용하는 물건, 처음 가보는 장소, 처음 겪는 상황. 그 모든 것에 적응하는 데 시간이 걸리는 사람. 조용히 탐색하고 지켜보고 알아보고 오래 생각해 본 다음 달리기 시작하는 사람. 이런 사람에게 필요한 건 시간이리라. 달리기 시작할 때까지 기다려주는 인내와 믿음이리라.

물론 세상은 너무 바쁘고 언제까지고 오지 않는 손님을 기다리느라 기차가 멈춰 서 있을 수는 없다. 나 하나 태우자고 그 많은 사람을 기다리게 할 수는 없겠지. 그렇다면 나는 시골길을 달리는 작은 마을버스를 타면 되지 않을까. 저 기차에 타야 한다고 자신을 채찍질할 게 아니라, 그렇게 심장이 터지도록 달리게 할 게 아니라 다리가 아파 빨리 달리지 못하는 파란 지붕 집 할머니가 오실 때까지 기다려주는 시골의 마을버스를, 강아지 밥 주고 오시는 감나무 집 할머니를 기다려주는 마을버스를 타면 되지 않을까. 왜 이제야 오냐고 구박은 좀 받겠지만 다 모일 때까지 기다려주는, 좀 많이 늦어도 기다려주는 그런 버스를.

내가 '나'라는 건 혼날 이유가 아니다. 나의 잘못이 아니다. 잘못이 아니니까 고치기 위해 노력하지 않아도 된다. 그저 자신의 속도대로 남에게 피해 주지 않으면서, 맡은 일은 책임감 있게 해내면서 걸어가면 된다. 옆 사람이 처음부터 치고 나간다고 불안해할 필요 없다. 물론 불안하겠지만 '저 사람처럼 달리다간 난 중간에 쓰러져버리고 말 거야'라는 걸 알고 있으면 된다. 내가 감당할 수 있는 속도가 어느 정도인지 알고 거기에 맞춰서 천천히 가면 된다. 쉬엄쉬엄 하늘도 보고, 꽃도 보고, 잠깐 앉아서 친구랑 얘기도 하고. 그냥 그렇게 '나'로 살아도 된다.

"누군가의 사랑과 관심을 기다리고만 있는 것이 아니라 자신이 무엇인지를 알고 해야 할 바를 열심히 함으로써 홀로 당당하게 서 있을 수 있는 미고 옥수수를 보면서 나 자신을 사랑한다는 것이 주변을 얼마나 아름답게 만드는 것인지를 배웁니다."

시골에서 농사지은 옥수수를 소개하며 친한 선배가 보내온 문자. 유독 가뭄이 심했던 그해에 물도 제대로 주지 않은 옥수수가 그래도 힘을 내 열매를 맺었다며 미안하고 고마워서 '미고 옥수수'라 이름 지었다는 문자. 무심한 듯한 이 문자가, 열심히 힘을 내 열매를 맺었다는 옥수수가 나에게 생각지도 못한 큰 위로를 주었다. '그래, 나는 옥수수니까 옥수수 맺는 데에만 힘써야지. 누가 물을 주든 주지 않든, 사랑을 주든 주지 않든 흔들리지 말고 옥수수 되기에만 열중해야지. 옆에 늘어선 감자를 고추를 부러워하지 말고, 콩처럼 쑥쑥 자라야지 토마토처럼 빨갛게 익어야지 남의 기준에 맞춰 나를 바꾸려 하지 말고 알이 굵고 단단한, 달큰하고 맛 좋은 그저 옥수수가 되기 위해 노력해야지.'

큰 기차에 타서 앞으로 쭉쭉 달려 나가는 건 멋진 일이지만 작은 마을버스에 타서 파란 지붕 집 할머니를, 강아지 밥 주고 오는 할머니를 기다리는 것도 나름 멋진 일이다. 누군가를 기다리며 오래 자세히 바라볼 풍경은, 시간을 누군가와 함께 나누는 그동안은, 쟤는 어떻게 나보다 더 늦냐고 구시렁거리면서 함께 떠나는 그 길은 분명 풍성하고 따뜻하고 평화로울 것이기에.

열정 없는 당신이, 열정이 드러나지 않은 당신이, 느슨한 당신이, 조금 늦은 당신이, 좀 더 조심스러운 당신이, 예민한 당신이 알이 굵고 단단한 '당신'으로 피어나기를. 나 역시.

"그래, 나는 옥수수니까 옥수수 맺는 데에만 힘써야지.
누가 물을 주든 주지 않든, 사랑을 주든 주지 않든
흔들리지 말고 옥수수 되기에만 열중해야지."

꿈에 대하여

원고를 마감하고, 한숨을 돌렸다. 언제까지 어딘가에 넘겨주어야 하는 마감은 아니고, 내가 정한 기간 안에 내가 시작한 일을 끝내는 셀프 마감(?)이었는데도, 진이 빠진다. 몸 안에 있는 무언가가 뭉텅 빠져나간 기분이다. 홀가분하면서 허전한, 시원하면서 섭섭한, 뿌듯하면서 허무한 기분…. '좋아! 마감을 했으니 며칠 동안은 손 하나 까닥하지 않을 테다' 다짐하며 거실 한가운데 벌렁 드러누워 창밖을 바라본다.

초여름, 무성해진 나뭇잎이 바람에 이리저리 흔들린다. 앞뒤 베란다 문을 열어놓았더니 바람이 거실을 지나 부엌으로 쪼르르 달려나간다. 더할 나위 없이 만족스러운 기분이 새끼발가락 끝에서 머리카락 끝까지 톡톡톡 피어오른다.

초등학생 때 개학 전날 밤이면 우리 집은 늘 눈물 바람이었다. 나는 밥상 위에 일기장을 펼쳐놓고 눈물, 콧물을 줄줄 흘리며 일기를 썼다.

"그러게 미리미리 좀 하지."

옆에서 타박 소리가 들려오면 '그러게. 미리미리 할 걸 그랬지' 라는 후회가 파도처럼 밀려와 눈물로 쏟아져 내렸다. 방학 시작하자마자 숙제를 팽개쳐두고 밖으로 쏘다니기만 했던 일이 사무치게 후회스러웠다. 탐구생활이나 만들기 숙제 같은 건 좀 밀려도 그럭저럭 할 수 있었지만 일기는 달랐다. 당장 보름 전의 날씨가 기억나지 않았다. 부모님께 물어보고, 오빠한테 물어봐도 알 수 없을 땐 잔머리를 굴려 애매하게 구름 위로 반쯤 떠오른 해를 그려 넣었다. 그런 뒤 시작했다. 일기 지어내기를.

"그렇게 울지 말고 적당히 반만 써. 한 바닥 채우느라 시간이 더 걸리잖아. 반만 쓰고 조금이라도 자야지."

엄마가 옆에서 어르고 달랬지만 고지식한 나는 꾸역꾸역 하루 한 바닥씩 일기를 써나갔다. 일기를 쓰다 고개를 들면 뿌옇게 밝아온 새벽하늘이 보였다. 하늘은 자꾸 밝아지는데 써야 할 일기는 아직도 남아 있으니 초조함이 폭포처럼 덮쳐와 또다시 눈물로 흘러내렸다.

그리고 정말 학교로 출발해야 하는 그 시간에 딱 맞춰 일기 숙제를 끝마쳤다. 부랴부랴 준비하고 허둥지둥 다른 숙제를 챙겨 종종걸음으로 학교에 갔다. 그렇게 쓴 일기는 장려상, 우수상, 최우수상 딱지를 붙이고 교실 뒤에 전시되곤 했다. 지금 와 생각해보면 딱히 잘 써서 상을 받았다기보다는 일기를 한 바닥씩 꽉꽉 채워 쓴 아이가 별로 없었기에 질보다 양에서 승리한 것 같지만….

울며불며 난리를 쳤으면 다음 방학 땐 미리미리 일기를 써야 하거늘 시간이 흐를수록 느는 것은 잔머리와 요령뿐이니, 일기장에 그날그날의 날씨만 적어두고 팽팽 놀기를 반복했다. 무엇이든 미룰 수 있을 만큼 미루고 보는 게으름이, 지나간 시간에서 교훈을 얻지 못하는 어리석음이, 순간의 쾌락에 끌려다니는 의지박약이, 현실과 타협할 줄 모르는 고지식함이 복합적으로 빚어낸 희비극이었다.

어쩌면 내 마감 인생은 이때 시작된 건지도 모르겠다. 마감에 쫓겨 글을 쓰는 인생, 부옇게 밝아오는 새벽하늘을 초조한 눈으로 노려보며 책을 마감하는 내 인생은 코찔찔이 어린 시절에 이미 정해졌던 게 아닐까? 그렇게 생각하면 등줄기를 타고 오소소 소름이 돋는다. 운명이란 정말 존재하는 것이었더란 말이냐!

내 최초의 꿈은 선생님이었다. 내가 사람을 가려가며 좋아한다는 사실을 깨닫고, 나처럼 티 나게 편애하는 사람이 선생님이 된다면 분명 아이들에게 상처를 줄 거라는 생각에 고이 접어 묻어버렸다.

그다음 꿈이 글을 쓰는 사람이었다. 눈물을 흘리며 쓴 일기가 칭찬을 받고 독후감 대회에 나가 쓴 글이 곧잘 상을 타오면서 '내가 잘하는 일이 이건가? 그렇다면 이 길을 가야지'라고 생각했다. 딱히 정해놓은 분야도 없었다. 소설가가 되어야지 했다가, 시인이 되어야지 했다가, 수필가가 되어야지 했다가, 어쨌든 글 쓰는 사람 안에서 왔다 갔다 하며 중·고등학생 시절을 보냈다. 글 쓰는 사람이 되려면, 글쓰기에 대해 배우려면 국문과에 들어가는 게 당연한 순서라 생각했으므로 국문과에 들어갔다. 졸업 후에는 돈을 벌어야 했다. 책을 많이 읽을 수 있지 않을까, 작가들을 만날 수 있지 않을까, 그러면 글 쓰는 데 도움이 되지 않을까라는 생각에 출판사에 취직했다. 돈도 벌고, 글 쓰는 데 도움도 되니 일석이조라고 판단했던 것이다. 뒤돌아보면 중학생 때부터 비교적 명확한 꿈을 갖고 한 목표 지점을 향해 달려온 셈이다.

꿈이 있으면 행복할까? 꿈이 없으면 불행할까? 목표가 있던 나는 행복했는가? 목표로 가고 있는 지금 나는 행복한가? 달리다 멈춰서서 문득문득 이런 질문을 던졌다.

꿈이 있었지만 나는 행복하지 않았다. "글 쓰는 사람이 되고 싶어요"라고 말하고 다녔으나 글을 쓰지 않는 내가, 야근을 하고 회식을 하고 집에 들어와 쓰러져 잠만 자는 내가 바보 같고 마음에 들지 않았다. 내가 정말 하고 싶은 일은 따로 있다는 생각이 늘 가슴 한구석에 자리 잡고 있었기에 손에 잡고 있는 일에는 충분한 애정을 쏟지 않았다. 충분한 애정을 쏟지 않아서, 작가가 되기 위한 수단으로 취급하는 것 같아서 내가 만들고 있는 책들에게 미안했다. 그렇게 자괴감과 죄책감이 차곡차곡 쌓여갔다.

시간이 생겨도 글을 쓰지 않았다. 무슨 이야기를 어떻게 써야 할지 감이 잡히지 않았다. 이게 정말 내가 하고 싶은 일이었을까? 작가의 삶이, 그들이 누리는 것들이, 작가를 바라보는 사람들의 선망에 찬 시선이 갖고 싶었던 것뿐 아니었을까? 깊게 뿌리 내리기 위해 고통스럽게 참고 견뎌온 시간은 보지 않고, 가지에 매달린 알록달록한 열매만 부럽다 갖고 싶다 탐내고 있었던 건 아니었을까? 의심이 싹터 올랐다.

갑자기 길이 사라져 같은 자리를 뱅글뱅글 도는 기분이었다. 일 때문에, 돈을 벌어야 하니까 글을 못 쓰는 거야. 텅 빈 속을 들키지 않으려고, 길을 잃었다는 사실이 알려질까 두려워 현실을 방패막이 삼았다. 비겁한 녀석이라고 스스로를 욕하며 하루하루를 살았으니 행복할 수 있을 리 없었다.

내가 생각해도 참 신기한 건 그래도 글을 놓지는 못했다는 거다. 푸르스름하게 밝아오는 새벽하늘을 그렁그렁한 눈으로 바라보며 한 바닥씩 공책을 채워나가던 고지식함 때문인지 아직도 글을 쓰겠다 고집을 부리고 있다. 등교시간까지 여유가 조금 있고, 공책도 한 바닥을 채우지 못했다. 인정사정없는 시간에 쫓겨가며 꾸준히 글을 채워나갈 수밖에.

이왕이면 글 쓰는 데 도움이 되는 일을 하자 싶어서 선택한 편집자도, 자괴감과 죄책감을 심어주었던 그 직업도 지금 와 돌이켜보면 생각지 못한 방향에서 내 등을 밀어주는 따뜻한 바람이었다. 원고를 다듬는 기술, 책이 만들어지는 과정을 익혔을 뿐 아니라 글을 쓰겠다는 나의 말에 누구 하나 '배고프고 고단한 그 일을 뭐 하러 하느냐' 반대하지 않았고, 열심히 하라고, 너라면 잘할 수 있을 거라고 응원해주는 사람들을 잔뜩 만날 수 있었기 때문이다. 그들이 슬그머니 건네준 책들이, 힘내라고 토닥여준 다정한 손길이, 다양한 방법으로 전해준 마음들이 방패를 내리고 비겁함 속에서 천천히 빠져나올 수 있도록 나에게 용기를 주었다.

〈라라랜드〉에서 미아와 세바스찬의 사랑은 해피엔딩을 맞지 못했지만 각자가 자신의 꿈을 이루었다는 점에서는 해피엔딩이다. 그리고, 그래서 영화적인 결말이라고 생각했다.

언제부턴가 '꿈을 가지라'는 말을 들으면 마음이 불편해졌다. 꿈을 꾸지 않고 현실에 안주하는 젊은이를 한심하게 바라보는 시선이 싫었다. 열정적으로 일하지 않는다고, 무기력하다고 꾸짖는 말이 싫었다. 어쩌면 내가 현실에 안주하고 있었기에, 무기력하게 상황에 끌려다니고 있었기에 그 말이 듣기 싫었는지도 모르겠다.

〈라라랜드〉를 보면서 '꿈을 가지라'는 말이 내내 불편했던 이유를 한 가지 더 깨달았다. 꿈을 바라보는 이중성. 우리는 꿈만 꾸며 살 수 없다. 사람 노릇을 해야 한다. 부모님의 생신·환갑·칠순, 친구의 결혼·생일 같은 경조사를 챙기며 살아야 한다. 남들처럼 번듯하게 사람 노릇을 하며 살려면 돈이 필요하다.

사람들이 말하는 '꿈을 가지라'는 말 속에는 '꿈꾸는 일을 해서 성공해', '그 일로 돈을 벌어'라는 의미가 들어 있다. 싫어하는 일을 하면서 돈만 버는 삶은 의미가 없고, 좋아하는 일을 하지만 돈은 벌지 못하는 삶은 가치가 없다.

영화를 보면서 나는 세바스찬이 정통 재즈를 연주하며 살길 바랐다. 재즈를 다른 장르와 혼합하는 키이스의 밴드에 들어가지 않기를 바랐다. 키이스의 밴드가 잘못됐기 때문이 아니라 세바스찬이 가고자 하는 길과 달랐기 때문에. 하지만 밴드에 들어가 투어를 다니고 인기를 얻고 돈을 벌고 여자친구 부모님께 번듯한 사람으로 보이고 싶다는 그의 마음 또한 절절히 이해되었다.

맞바람 속에 몸을 누이고 지금 참 행복하다 생각한다. 더 이상 자괴감도, 죄책감도 들지 않고 비겁하다고 나를 욕하지도 않는다. 다음에는 무슨 글을 쓸까, 어떻게 쓸까 고민하는 시간이 즐겁다. 쓰고 싶은 글이 있고, 하고 싶은 말이 있다. 그럼 됐다, 싶다. 내 길을 제대로 가고 있다는 확신이 든다.

그러나 한편으로는 마음이 무겁다. 나도 번듯한 사람이 되고 싶다. 부모님께 용돈도 드리고 싶고, 같이 여행도 가고 싶고, 주변 사람들에게 맛있는 것도 사주고 싶고, 예쁜 옷도 사고 싶다. 서른여덟 살, 겨우 내 용돈만 벌며 몸도 성치 않은 부모님께 얹혀사는 철딱서니 없는 딸이 아니라 번듯한 직장을 갖고 사람 노릇을 제대로 하며 당당히 독립된 삶을 사는 그런 어른이 되고 싶다.

영화가 아닌 현실이라면 미아는 아직 오디션을 보러 다니겠지. 아니면 배우를 포기하고 다른 길을 찾았을 거야. 어쩌면 꿈을 포기하지 못해 배우의 길로 돌아왔을지도 몰라. 세바스찬은 재즈바를 열지 못했을 거야. 가게를 열었다 해도 매출을 보며 한숨지었겠지. 현실은 녹록지 않으니까.

아마 나의 미래도 해피엔딩이긴 어려울 것이다. 내가 쓴 글이 책으로 나올지 알 수 없고(책은 나와야 나온 거니까) 책으로 나온다 하더라도 책 팔아 생계를 꾸려갈 수 없다는 걸 잘 알고 있다. 그래도 뭐, 지금 행복하면 된 거 아닌가? 앞일은 다가오면 그때 또 생각하면 되지. 어쩌면 내게도 영화 같은 엔딩이 찾아올지 모르잖아? 천하 태평한 마음이 드는 것도 사실이다. (이러니 그렇게 일기를 미뤘겠지…. 쯧쯧.)

꿈이 있다고 행복한 것도 아니고, 꿈이 없다고 불행한 것도 아니며, 꿈꾸는 사람이 훌륭한 것도, 꿈꾸지 않는 사람이 시원찮은 것도 아니다. 자신의 자리에서 선택하고 책임지며, 하루하루 살아가는 모든 사람이 멋지고 사랑스럽다고 생각한다. 누군가의 삶을, 삶 그 자체로 응원할 수 있는 사람이 되고 싶다.

최대한 싫은 일을 하지 않고 사는 삶

나의 하루 일과는 대충 이러하다. 4시 기상. 7시 반까지 글쓰기. 씻고 아침 먹고 8시 반에 친구네 사무실, 더부살이하고 있는 곳으로 출근. 버스를 한 번 갈아타고, 한 시간 조금 넘게 걸려 파주 출판도시에 도착. 커피를 내리며 사무실 식구들과 수다를 떨다가 10시부터 일 시작. 4시 반에 정리. 집에 오면 5시 반. 부모님과 저녁을 먹고, 조금 쉼. 그날의 컨디션에 따라 50분에서 한 시간 실내 자전거 타기. 씻음. 하루를 정리하고 8시 반에서 9시 사이에 취침.

일주일에 두세 번, 출근할 때의 일과다. 일주일에 4, 5일 집에 있을 때도 이와 비슷한 하루를 산다. 출퇴근 시간이 빠질 뿐. 대개 평화롭고 그래서 다소 심심하지만 그렇기 때문에 종종 행복한 일상이다. 삶에 느끼는 만족도가 이렇게 높은 적이 있었던가 싶은 나날이다.

교정 일을 시작한 지는 햇수로 15년이다. 2004년 6월에 출판사에 들어갔으니 그때부터 쭉 다른 사람이 쓴 원고를 매만져왔다. 출판사 몇 곳을 옮겨 다니고, 프리랜서 교정자로 일하며 적지 않은 시간을 보냈다. 다른 사람이 쓴 원고를 매만지다 보니 내가 쓴 원고를 매만지고 싶다던 꿈이 한쪽 구석에 우두커니 서서 먼지만 뒤집어쓰고 있는 것 같아, 통행을 방해하는 짐짝 취급을 받는 것 같아 초조해졌다. 이렇게 방치하다간 소중한 내 꿈이 곧 버려질 것만 같았다. 그래서 결심했다. 먼지를 닦든 자리를 옮기든 무엇이든 하자. 무엇이든 쓰자.

처음에는 이렇게 했다. 교정을 봐서 원고를 출판사 쪽에 넘기면 다음 원고를 보기 전에 짬을 내 내가 쓰고 싶은 글을 쓰자. 하지만 이 계획은 다섯 달 동안 고작 A4 여섯 장을 채우고는 자동 폐기되었다. 원고를 하나 끝내고 나면 놀고 싶었다. 쉬고 싶었다. 그동안 열심히 일했으니까 하루 이틀 정도는 놀아도 돼. 사람이 어떻게 일만 하며 살 수 있어. 이건 나한테 주는 보상이야. 쉬어야 일의 능률도 오르지. 그런데 놀고 나면 글을 쓸 새 없이 다음 원고가 도착해 있었다. 더구나 시간이 지날수록 원고가 넘어오는 기간이 짧아졌다. 아직 원고를 보고 있는데 다음 원고가 들어와 번호표를 뽑고 대기하는 경우도 있었다. 구두 끝으로 탁탁탁, 바닥을 때리면서. 이렇게는 안 되겠구나. 무엇이든 내 글을 쓰고 싶어 직장을 그만두었는데 수입은 (매우, 몹시, 많이) 적고 직장 다닐 때처럼 글을 못 쓰다니. 그렇다면 내 삶의 풍경을, 삶의 리듬을 이렇게 바꾼 게 무슨 소용이 있단 말인가.

그래서 약 한 달 전부터 아침에 글 쓰는 시간을 끼워 넣었다. 다행히 차곡차곡 글을 쌓아가고 있다. 일하는 시간이 조금 줄어들었고, 번호표 뽑고 기다리는 원고가 하나, 두 개, 세 개…, 있어서 초조하긴 하지만 매일매일 꾸준함의 힘은 생각보다 커서 주기로 한 날짜를 크게 어기지 않고(절대 어기지 않도록 좀 더 노력하겠습니다) 원고를 보내고 있다.

늘 그런 삶을 꿈꿨다. 돈이 많아서 책만 읽고 글만 쓰며 산다면 얼마나 좋을까. 여기저기 낯선 나라로 떠나 오래 머물다 올 수 있다면 얼마나 멋질까. 돈에 허덕이지 않고, 먹고살기 위해 지금 당장 하기 싫은 일을 억지로 하지 않으며 베짱이처럼 링가링가 산다면 얼마나 즐거울까. 로또나 되면 참 좋겠다….

그러다 운 좋게 기획안이 통과돼 1년간 얼마간의 돈을 받으며 살 수 있는 기회가 찾아왔다. 1년 동안 일을 하지 않아도 그럭저럭 먹고 살 수 있는, 책만 읽고 글만 쓰며 살 수 있는, 여기저기 낯선 나라로 떠나기엔 다음 달을 살기 어려운 딱 그만큼의 돈을 받으며 1년을 살았다. 이

1년 동안 생애 처음으로 오롯이 내 원고만 매만지며 지냈다.

마법 같은 1년이었다고 생각한다. 재투성이 신데렐라가 예쁜 드레스를 입고 왕자님과 춤을 춘 시간, 앨리스가 하얀 토끼를 따라 굴속으로 들어가 이상한 나라를 모험한 시간, 그 시간이 나에게도 주어졌던 것이라고. 1년 동안 나 역시 춤을 추고, 굴속에 들어가 모험을 즐겼다. 그리고 이제 마법은 끝났다. 12시 종이 울렸고, 꿈에서 깨 굴 밖으로 나와야 할 시간이었다.

다시 빨간 펜을 손에 쥐고 생활 전선에 뛰어들었다. 주어와 서술어가 호응하도록 다듬고, 잘못 쓰인 조사를 고치고, 수동형 문장을 능동형 문장으로 바꾸고, 번역 투 문장을 바로잡고, 사실관계를 확인하고…. 사실 나는 자꾸 뒤돌아볼 줄 알았다. 무도회장으로 굴속으로 돌아가고 싶어서 발 딛고 선 현실을 부정하고 싫어할 줄 알았다. 그런데 웬걸. 눈앞에 떠 있는 검은 글자들을 보고 있으려니, 손을 움직여 글자들을 요리조리 움직이고 있으려니 전에는 느껴보지 못했던 평화로움이 몽글몽글 솟아났다.

지난 1년이 구름 위에 둥둥 떠 있는 시간이었다는 걸 깨달았다. 종종 신나고 재밌었지만 늘 불안했다는 걸 깨달았다. 혼자 생각하고 혼자 써나가는 일, 이럴 땐 이렇게 하는 거야 가르쳐주는 이 없는 일, 그토록 매달려서 공을 들였음에도 사람들에게 받아들여지지 않을지도 모를 일. 답이 없는 일.

이미 완성된 글을 다듬는 건 그런 의미에서 나에게 안도감을 주었다. 잘 모르겠으면, 이게 좋을까 저게 좋을까 결정하기 어려우면 물어보고 상의할 동료가 있었다. 내 실수를 바로잡아줄 든든한 지원군이 있었다. 이럴 땐 이렇게 해야 한다는, 참고할 기준이 있었다. 하늘에 떠다니는 구름으로 조각상을 만들다가 단단한 돌로 만들어낸 장인의 조각상을 사포로 문지르고, 칠을 하고, 깨끗이 씻어내는 일에 투입된 것 같았다. 전장에서 선봉에 나가 싸우다가 후방부대로 물러나 물자를 지원해주는 것 같은 느낌. 이제 나는 살았다는 느낌. 그와 비슷한 안도감이었다.

일하다가 문득문득 행복하다는 기분이 든다. 내가 좋아하는 일을 하면서, 싫은 일을 최대한 하지 않으면서 돈을 벌고 있다는 게 행복하다. 글을 쓰다가 문득문득 행복하다는 기분이 든다. 어릴 때부터 꿈이었던 일, 하고 싶었던 일, 그걸 본격적으로 하고 있다는 게 행복하다. 집에 돌아와 운동을 하면서 문득문득 행복하다고 느낀다. 완전히 건강하다고는 할 수 없지만 몸속에 폭탄을 안고 있는 분들이지만 그래도 아직은 그럭저럭 삶을 즐기실 수 있는 부모님이 소파에 앉아 텔레비전을 보고 계시고, 그 두 분이 늘 노심초사 전전긍긍하는 딸내미는 체력을 기른다고 실내 자전거에 앉아 자전거 바퀴를 돌리고 있다. 이 평화로움이 나를 행복하게 한다.

파주로 출근하는 시간이 나쁘지 않다. 버스 안에 앉아 음악을 들으며 이런저런 생각에 잠기는 게 좋다. 비가 오면, 눈이 오면, 너무 추우면, 너무 더우면 굳이 출근하지 않아도 되기에 이 시간을 충분히 즐길 수 있다. 사무실에 가면 좋은 사람들이 있다. 서로를 아끼고 배려하는 그 사람들 틈에 섞여 그들과 이야기를 나누고 웃고 일하는 게 좋다. 마음만 먹으면 언제든 함께 점심을 먹고 차를 마실 수 있는 선후배들이 가까이에 있어서 좋다. 얼마 없는 내 친구 목록에 (내 마음대로) 이름을 올린 그들을 만나 마음을 나눌 수 있어서 좋다. 삶에 느끼는 만족도가 이렇게 높은 적이 있었던가 싶게 평화롭고 행복한 나날이다.

삶을 이렇게 세팅하기까지 참 많은 시행착오를 겪고 참 오랜 시간이 걸렸다. 남들이 정해놓은 패턴에 따라 산 나날이었다. 초등학교를 졸업하고, 중학교를 졸업하고, 고등학교를 졸업하고, 당연하게 대학교에 가고, 당연하게 취직을 했다. 내가 뭘 좋아하는지 뭘 싫어하는지 제대로 생각해보지 않은 나날이었다. 먹고 싶은 것도 하고 싶은 것도 딱히 없어서 의견을 내지 않고 사람들을 따라가는 무난한 삶이었다. 내 속에 자리 잡은 욕망이 내 안에서 생겨난 것인지 밖에서 누군가가 집어넣은 것인지 한 번도 생각해보지 않은 삶이었다. 질문하지 않은 나날이었다. 이건 왜 이런가요? 묻지 않고 시키면 하는 사람, 누군가가 '이건 왜 이렇게 해요?'라고 물으면 '원래 그래요. 그동안 그렇게 해왔어요'라고 대답하는 사람이었다.

지금도 딱히 이런 '나'에서 이런 '삶'에서 크게 달라지진 않았다. 하지만 어쨌든 '나'라는 인간을 열심히 생각하고, 분석하고, 탐구하고 있는 중이다. '나'는 왜 그렇게 생각했을까, '그때' 나는 왜 그렇게 행동했을까, 이 사람은 왜 좋아하고 저 사람은 무엇이 불편한 걸까, 무엇이 나를 불안하게 하는가, 나는 무엇을 두려워하는가, 언제 행복하고, 언제 마음 아파하는가, 어떤 가치를 우선시하고, 무엇을 혐오하는가….

그렇게 도출해낸 나름의 대답을 늘어놓고 좋아하는 건 이쪽, 싫어하는 건 저쪽, 좋아하지만 못 하는 건 저기, 싫지만 해야 하는 건 여기 이렇게 분류했다. 그리고 내가 좋아하는 것 위주로 삶은 너무 거창하니까 하루를 채워 넣었다. 사람의 일이란 예측할 수 없어서 돌발 상황이 벌어지기도 하고, 전에는 좋았지만 지금은 싫어진 일 혹은 전에는 싫었지만 지금은 그렇게까진 싫지 않은 일이 생기기도 하고, 나는 절대 못 할 것 같은 일을 하게 되는 때가 오기도 하여 기껏 세팅해놓은 하루하루를 자의로든 타의로든 허물고 다시 세우기를 반복했다. 그렇게 하다 보니 결국 여기에 도착했다. 만족도가 꽤 높은 삶에.

아직도 그런 삶을 꿈꾼다. 책 읽고, 글 쓰고, 여기저기 낯선 나라로 떠나 오래 머물다 오는 꿈. 하지만 이제는 떠난다 해도 지금과 비슷한 하루하루를 살 것 같다. 새벽에 일어나 글을 쓰고, 나머지 시간에는 일을 하고, 잠들기 전에 책을 읽는 삶. 낯선 나라니까 거리 산책 정도는 넣어줘야지.

나는 고레에다 히로카즈 감독을 좋아한다. 그의 영화를, 그의 글을, 그의 생각을 좋아한다. 《걷는 듯 천천히》에 적힌 그의 문장을, 그의 생각의 조각을 수첩에 옮겨 적어두고는 틈날 때마다 펼쳐 읽는다. "세계는 풍요롭고, 일상은 있는 그대로 아름다우며, 생명은 그 자체로 '기적'인 거야." "생명은 자기 자신만으로 완결될 수 없도록 만들어져 있는 것 같다. 생명은 그 안에 결핍을 지니고 그것을 타자로부터 채운다." "등신대의 인간만이 사는 구질구질한 세계가 문득 아름답게 보이는 순간을 그리고 싶다." "결핍은 결점이 아니다. 가능성이다."

땡땡땡, 12시 종이 쳐서 집에 돌아오니, 신비한 모험을 끝내고 굴 밖으로 나와 보니 별것 아니었던 삶이, 구질구질해 보였던 일상이, 반짝반짝 빛나는 순간순간의 즐거움으로 채워져 있음을 알게 되었다. 내 집의 편안함을, 나무 밑 그늘과 동쪽에서 불어오는 한 줄기 바람의 시원함을 깨닫게 되었다.

마법이 마법을 낳는 삶. '세계는 풍요롭고, 일상은 있는 그대로 아름다우며, 생명은 그 자체로 기적'이라는 것을 알아볼 수 있는 눈을 가진 삶. 나의 결핍을 누군가가 채워주는 삶. 누군가의 결핍을 내가 채워주는 삶. 그렇게 손잡고 나아가는 삶. 구질구질한 세계가 문득 아름다워 보이는 삶. 결핍을 가능성으로 보는 삶. 삶의 만족도가 높은 삶. 나는 계속 그런 삶을 꿈꾼다.

"나도 교정이나 볼까?"라는 말을 들었다. '답답해서 한 소리겠지' 대수롭지 않게 생각하고 집으로 돌아왔는데 시간이 흐를수록 점점 화가 났다. 아, 난 왜 늘 집에 오면 화가 나는 걸까? 당시에는 잠잠했던 가슴이 왜 뒤늦게 요동치는 걸까? 그때 이렇게 쏘아붙여 줬어야 했는데, 왜 이제 와 머리를 쥐어박으며 후회하는 걸까? 화도 제대로 못 내는 내가 바보 같아서, 더 화가 났다.

'이나'라는 보조사 속에 담긴 무시의 뉘앙스가, '이나'라는 말로 내가 좋아하는 일을, 내가 공들여 하고 있는 일을 '누구나 마음먹으면 쉽게 할 수 있는 일'로 평가 절하한 그 말이, '이나'라는 단 두 음절로 그동안 내가 흘린 땀방울을 보잘것없는 것으로 돌리는 그 태도가 몹시 신경에 거슬렸다.

물론 교정은 누구나 마음먹으면 할 수 있는 일이 맞다. 특출난 재능이 있어야만, 특별한 사람이어야만 할 수 있는 일은 아니다. 누구나, 하고자 한다면, 할 수 있다. 하지만 단언하건대 누구나 '쉽게' 할 수 있는 일은 아니다.

내가 생각하기에 교정은 일종의 기 싸움이다. 원고에는 저자

특유의 생각과 감정이 특유의 문장과 리듬 안에 담겨 있다. 이 살아 움직이는 생각의 덩어리를 조금 더 보편적인, 조금 더 일반적인 기준에 맞추어 다듬는 일이다. 따라서 원고가 생명을 잃지 않도록, 다른 어딘가로 튀어 달아나지 않도록, 모습을 바꾸지 않도록 조심조심 매만져야 한다. 그리고 그러려면 저자의 생각을 압도해 끌고 가겠다는 게 아니라 무작정 끌려가지 않겠다는 각오가 필요하다. '싸움'이라는 말이 너무 폭력적이라면, '그 정도까지는 아닌데' 싶다면 '조율'이라는 표현을 쓰자. "손님 얼마나 자를까요?" "끝에만 살짝 다듬어주세요." "이 정도면 됐나요?" "아뇨, 조금 더 잘라주세요." "손님, 머리끝이 상했는데 그럼 이번 기회에 상한 부분을 다 잘라내는 게 어떨까요?" 미용실을 찾은 손님을 맞이하듯이 서로 조율하여 그 사람에게 가장 어울리는, 단정하고 예쁜 스타일을 찾아 나가는 과정인 것이다. 따라서 끌려가지 않고 버티려면, 내가 생각하는 단정함과 문장이 추구하는 아름다움을 절충하려면 보이지 않고 들리지 않는 치열한 대화를 내내 나누어야 한다.

교정은 나와의 싸움이기도 하다. '띄어 씀이 원칙이나 붙여 씀도 허용한다'라는, 사실 '네 마음대로 하세요'로 해석 가능한 원칙 속에서 흔들림 없는 나만의 기준을 정하고 하나의 원고 안에서 통일성을 갖추어나가야 한다. 원고를 보다 보면 처음에 세운 기준이 송두리째 흔들리는 경우를 만나기도 하는데 그럼에도 그 기준을 밀어붙일 것인지, 다시 새로운 기준을 세울 것인지 신중하게 판단해야 한다.

사람이 하는 일이므로 늘 실수가 있다. 몇 번을 보아도, 심지어 여러 사람이 몇 번을 보아도 마치 약을 올리는 것처럼 꽁꽁 숨어 있던 실수들이 인쇄된 책 곳곳에서 버젓이 모습을 드러낸다. 항상 내가 불완전하고 부족한 인간이라는 증거를 눈앞에서 마주해야 하는 건 몹시 괴로운 일이다. 실수를 지적당해도 겸허히 받아들이는 단단한 마음, 강한 정신력의 소유자라면 참 좋겠지만 나는 매번 움찔해서는 매우 방어적으로 돌변한다. '이런, 실수를 했네, 나를 형편없는 교정자라고 생각하면 어떡하지, 그래서 날 싫어하면 어떡하지'라고 교정본 원고 상태와 나를 동일시해 자괴감의 땅을 파고 굴속으로 들어간다. 이 모든 과정 또한, 땅굴 속에 들어갔다 나왔다 하며 신경을 갉아먹는 과정 또한 교정자가 감내해야 할 부분인 것이다.

"이 일은 해도 해도 쉬워지지가 않아요."

새로운 원고를 볼 때마다 새로운 대상과 새롭게 기 싸움을 벌여야 하고, 나와의 싸움도 다시 시작해야 한다. 살아 있는 사람들이 사용하는 살아 있는 말은 시시때때로 변화하고 그 변화하는 말을 따라잡기 위해 공부한다. '좀 더 잘하고 싶다. 내가 교정본 원고는 사람들에게 좀 더 쉽게 읽히고, 오탈자 없고 오류가 없는 상태로 만들고 싶다'고 생각한다. '멋진 결과물을 내기 위해 저자, 역자, 편집자와 힘을 합하는 좋은 파트너이고 싶다'고 바란다. 10년을 넘게 해도 나에겐 이렇게 어렵기만 한 일을, 이렇게 조심스러운 일을 함부로 '이나'라는 보따리에 둘둘 싸 도매금으로 넘겨버리다니….

생각해보면 출판사에 다니며 편집자로 일할 때도 그랬다. 저자가 글 쓰고 디자이너가 디자인하고 인쇄소에서 찍으면 책이 나오는 것 아닌가요? 편집자가 무슨 일을 하나요? 있으면 좋지만 없어도 책은 만들 수 있지 않아요? 그렇게 물어오는 사람이 꽤 많았다. 저자를 발굴하고, 원고의 수정·보완점을 제안하고, 목차를 다듬고, 제목을 뽑고, 표지문안을 정리하고, 책의 콘셉트에 맞춰 디자이너에게 디자인을 의뢰하고, 보도자료를 작성하며 한가운데 서서 한 권의 책이 나오는 모든 과정에 관여하는 편집자를, 어떤 편집자를 만나느냐에 따라 180도 다른 책이 나올 수 있다는 사실을 모르는 사람들이 무심코 던지는 말, 말, 말. 물론 돈을 벌기 위해 선택한 직업이고 책은 상품이지만, 이 책이 좀 더 많은 사람에게 가닿기를, 그래서 그들의 가슴을 울리고 영혼을 매만지는 하나의 계기가 되기를 바라는 마음을 외면하는 말, 말, 말.

내가 얼마나 힘든 일을 하는지, 얼마나 어려운 일을 하는지, 얼마나 괴로운지 알아달라는 것이 아니다. 징징거리는 것도 아니다. 모두들 저마다의 철봉에 매달려 떨어지지 않기 위해 악착같이 살아가고 있으리라는 것을 어렴풋이나마 짐작한다. 위를 쳐다보며 내 손 떨리는 것만 보면 앞뒤 좌우에서 함께 부들부들 떨고 있는 사람을, 위태롭게 휘청휘청 흔들리는 사람을, 견디다 못해 철봉 밑에 깊게 팬 절망의 구덩이 속으로 추락하는 사람을 보지 못한다. 그러지 말자고, 잠깐이라도 주위를 둘러보자고, 매달리기가 힘들지 않은 사람은 없지 않겠느냐고 이야기하고 싶은 것이다.

다른 사람이 하는 일은 참 쉬워 보인다. 잠깐잠깐 보기 때문에, 직접 겪어보지 않았기 때문에 어떤 고충이 숨어 있는지 잘 모르기 마련이다. 잘 모르면, 잘 모르니까 더 조심해야 하는데 마치 다 아는 것처럼 나서서 말로 타인의 삶을 난도질한다.

"나도 사업이나 할까?" "공무원 시험이나 봐." "집에서 살림이나 하면 좋겠다." 업을, 그 업에 종사하는 사람을 폄하하는 말, 말, 말. 세상에 쉬운 일은 없다. 삶이 마냥 쉬운 사람도 없다. 겉으론 쉬워 보여도 하다 보면, 살다 보면 마치 약을 올리는 것처럼 꽁꽁 숨어 있던 난관들이 곳곳에서 버젓이 모습을 드러낸다. 그러니 힘겹게 난관을 극복하고 있는 사람들의 어깨를 눌러 주저앉히는 무거운 말들을 하나둘 올려놓지는 않았으면 좋겠다.

사실 나도 자주 생각하고, 곧잘 입으로 내뱉었다. '일은 일대로 하고 돈은 쥐꼬리만큼 버는 교정 일 때려치우고 취직이나 할까?' '시골에 내려가서 농사나 지을까?' '취집해서 살림이나 하면 좋겠네.' 내뱉을 땐 한없이 가벼웠던 말의 무게가 돌아올 땐 이렇게 무거워지는지 미처 알지 못했다. 마음가짐이 말로 나타나기도 하고, 말이 마음가짐을 결정하기도 한다. 말은 영혼을 담는 그릇이지만 어떤 그릇에 담기느냐에 따라 영혼의 모양이 달라지기도 한다. '이나'라는 마음가짐으로 어떤 일을 시작한다면 그 일을 잘 꾸려갈 수 있을까? 어떤 일의 시작점이 '이나'라면 그건 좋은 출발이 아닐 것이다. 그런 자세로 살아도 될 만큼 세상은 그리 호락호락하지 않으니까.

부글부글 끓어서 "열 받아", "짜증 나" 얼굴을 달아오르게 했던 화가 내 모습을 돌아보며 조금씩 가라앉았다. 사전에서 '이나'의 뜻을 찾아보니 '마음에 차지 않는 선택 또는 최소한 허용되어야 할 선택이라는 뜻의 보조사'라고 나와 있다. 역시 건방진 보조사군. 내가 화가 난 이유가 있었어. 고개를 끄덕끄덕.

웬만하면 운동을 거르지 않으려 노력한다. 친구처럼 따라다니는 허리 통증을 줄일 겸, 볼록 튀어나온 뱃살을 털어낼 겸, 쉽게 지치는 저질 체력을 증진할 겸, 기분을 전환할 겸…. 여유가 있으면 밖에 나가 한 시간 정도 걷고, 여유가 없을 때에도 집 안에서 실내 자전거를 다만 30분이라도 탄다. 이렇게 일주일에 5일 이상 운동하기를 몇 달째 이어오고 있다. 지난겨울은 코가 떨어져 나갈 것처럼 춥거나 그렇지 않으면 코가 콱 막혀버릴 것처럼 미세먼지 농도가 높아 좀처럼 밖에 나갈 수가 없었다. 미래 도시에 사는 미래인이 된 것마냥 공기청정기를 틀어놓은 집 안에서 실내 자전거를 타며 〈설국열차〉와 〈매드맥스〉를 번갈아 상영하고 있는 바깥 풍경을 멍하니 바라보았다. 그리고 그리워했다. 맑은 공기, 따뜻한 바람, 푸릇푸릇한 나무, 어여쁜 꽃을. 그 속에서 걷고 뛰는 내 모습을. 과거를 알고 있는, 과거를 알아버린 미래인처럼.

운동은 스트레스 호르몬인 코르티솔을 줄이고, 햇빛은 행복 호르몬인 세로토닌의 양을 늘린다. 뇌 과학 원고를 보다가 잠시 쉬는 시간, 거실로 나왔다. 밖은 추우니까, 저 추위가 물러가면 미세먼지가 올

테니까 차선책으로 햇빛이 쏟아지는 거실에 누워 몸을 뒤척인다. 좋았어. 여기 누워 좀 더 행복해지겠어. 석쇠에 올라간 생선이 되었다 생각하고 뒤집어주는 이 없으니 혼자서 햇빛이 골고루 몸에 스미기를 바라며 뒤척뒤척. 골고루 행복해져야지. 그렇게 몸을 뒤척이는데 허리가 저릿저릿한 게 아이고고 신음이 절로 나온다.

신음을 삼키고 바람에 휘청거리는 나뭇가지를 본다. 창백하고 메마른 나무를 보니 이번 겨울이 살아 있는 생명들에게 얼마나 모질었는지가 새삼 느껴진다. 아이고고 칼바람, 흙바람을 온몸으로 맞으며 신음을 삼키는 나무들의 목소리가 휘잉휘잉 들리는 듯도 하다. 모진 겨울이 가고 봄이 오면 또다시 모래바람이 불어올 텐데. 그 바람에 애써 틔운 꽃잎이 하나둘 떨어져 내릴 텐데. 그 계절은 또 어떻게 버티려나. (행복 호르몬이 나오고 있을 텐데도) 온갖 걱정이 머릿속을 떠다닌다.

수영을 배워볼까? 이제 정녕 밖에서는 운동할 수 없는 것인가, 절망하고 있을 때 불현듯 수영이라는 단어가 머릿속을 헤엄치고 지나간다. 수영은 내 마음속에서만큼은 만년설에 뒤덮인 에베레스트산과 같다. 멀리서 바라볼 땐 '너무 멋지다. 언젠간 꼭 올라가 보고 말 테야' 동경의 대상이지만 막상 가까이 다가가면 한 걸음도 내딛기 어려울 만큼 두려운 대상으로 변신한다. 죽음의 이미지로, 신의 영역으로 우뚝 서서 서늘한 눈으로 나를 내려다본다.

수영이 좋은 건 이미 알고 있다. 수영을 할 줄 알면 물 밖에서도 시시때때로 당황하는 내가 물속에서 발이 땅에 닿지 않을 때 당황하지 않고 유연하게 몸을 놀려 물 밖으로 탈출할 수 있겠지. 게다가 앉아서 일하는 사람들에게 생기기 쉬운 허리병을 가진 나에겐 척추에 무리를 주지 않는 아주 좋은 운동이(라고 한)다. 수영을 하는 사람은 대부분 "수영이 얼마나 기분 좋은 운동인지 알아? 열이 나는 몸을 차가운 물이 식혀주는 그 기분이 얼마나 좋은데"를 시작으로 수영의 장점을 늘어놓는다. 직접 느껴보진 않았지만 상상만 해도 어떤 기분일지, 그래 정말 기분이 좋겠다, 알 수 있다. 그래서 떠올려보았다. 수영장에 가는 내 모습을.

먼저 수영장이 있는 스포츠센터를 검색한다. 수영장이 갖춰진 곳은 얼마 없으므로 집에서 가장 가깝고 시설도 괜찮으며 많은 사람에게 검증받은 스포츠센터를 금방 발견한다. 좋아, 여기로 하겠어. 잠깐

잠깐. 여기로 한다고? 집에서 마을버스 타고 30분은 가야 하는데 괜찮겠어? 꾸준히 잘 다닐 수 있겠어? 잠시 고민에 빠진다. 응, 다닐 수 있어. 다녀보겠어. 굳은 마음으로 스포츠센터에 등록을 한다. 그리고 수영복을 사러 스포츠센터 근처에 있는 아웃렛으로 향한다. 잠깐잠깐. 너 사람 많은 데 싫어하잖아. 쇼핑도 싫어하잖아. 근데 여길 들어가겠다고? 응, 수영하려면 수영복이랑 수영모랑 물안경이 있어야 해. 후딱 사서 나오면 되지. 주먹을 불끈 쥐고 건물 안으로 들어선다. 스포츠용품점을 찾아가 '점원님, 제발 저에게 다가오지 마세요' 아우라를 내뿜으며 이것저것 구경한다. 무난한 수영복과 수영모를 고르고 물안경을 고르는데…. 잠깐잠깐. 너 눈 나쁘잖아. 안경 벗으면 문인지, 사람인지, 물인지 구별은 해도 어디로 가는 문인지, 누구인지, 물의 깊이가 어느 정도인지는 모르잖아. 그런 눈을 갖고 어디가 어딘지도 모른 채 수영을 하겠단 거야? 물안경에도 도수를 넣을 수 있다던데. 그런 걸 알아봐야 하는 거 아니야? 나는 안경을 벗고 맨눈으로 주변을 둘러본다. 아냐, 이 정도면 됐어. 대충 형태만 보면 되겠지 뭐. 그렇게 쇼핑을 마치고 아웃렛을 나온다. 잠깐잠깐. 근데 한 달에 한 번 찾아오는 그날에는 어떡할 거야? 탐폰을 사가야 하는 거 아니야? 근데 그거 괜찮은가? 온갖 잠깐잠깐이 머릿속을 떠다니며 마음에 브레이크를 건다.

그럼에도 상상 속의 나는 결코 포기하지 않고 수영복을 입고, 수영모를 쓰고, 물안경을 든 채 수영장 안에 들어와 푸르른 물 앞에 서 있다. 자, 이제 물속에 몸을 던져. 발차기 연습을 하고 잠수 연습도…. 잠깐잠깐. 잠수 연습이라고? 머리가 물속에 잠기면 무서운데. 숨이 콱 막혀서 죽을 것 같단 말이야. 곧이어 물속에 머리를 넣지 못하고 수없이 고개를 쳐드는 내 모습이 떠오른다. 발차기 연습? 나 종아리에 쥐 잘 나는데. 물속에서 쥐라도 나면 어떡하지? 이번에는 뻣뻣해진 다리를 붙잡고 물속에서 허우적거리는 내 모습이 반복 재생된다.

결국 나는 물에 발도 담가보지 못하고 도망치듯 수영장을 빠져나온다. 수영은 안 되겠어. 너무 무섭잖아. 한 번도 내처 달려보지 못한 채 머뭇머뭇하다 지레 겁먹고 지레 지쳐 나가떨어지고 만다.

알고 있다. 두려우니까, 두려워서 하기 싫으니까, 하기 싫어서 이런저런 핑계를 갖다 대고 있다는 것을. 나는 늘 내 속에 자리 잡은 저

서늘한 두려움과 맞서 싸우지 않고 도망치기만 했다는 것을. 가만히 앉아서 아무런 행동도 하지 않은 채 생각만 요란했다는 것을.

여러 회사에서 원고를 받아 교정 일을 하다 보면 원고가 몰릴 때가 있다. A 회사의 원고 1교를 보고 있는데 B 회사의 원고 2교가 들어오고 C 회사에서 다음 주쯤 2교지를 보내겠다는 연락을 해온다. 그러면 나는 우선 일단 그게 수순이라도 되는 양 패닉 상태에 빠져버린다. 여기저기에서 걱정을 빌려와 눈앞에 쌓아두고는 머리를 쥐어뜯는다. A 회사의 원고를 끝내고 C 회사 원고가 들어오기 전에 B 회사의 원고를 끝낼 수 있을까? 그렇게 못 하면 일정이 다 조금씩 뒤로 밀릴 텐데. 일정을 못 지키면 일 못하는 프리랜서라고 소문이 날 거야. 그럼 사람들이 나에게 실망하고 일을 주지 않을 테지. 날 싫어할지도 몰라. 급하게 빌려 쓴 걱정에는 이렇듯 괴로움이라는 이자가 붙어 순식간에 눈덩이처럼 불어난다. 불어난 이자를 감당 못 해 몸부림치는 건 온전히 나의 몫이다.

사실 일정을 확인하고 급한 일부터 하나하나 해나가면 된다. B 회사에 '언제까지 A 회사의 일을 넘겨주기로 했으니 그걸 끝내고 당신네 일을 시작하겠다. 그럼 언제까지 원고를 줄 수 있는데 그래도 일정이 괜찮겠느냐?' 물어보고 조정하면 된다. '절대 안 돼요. 언제까지 일을 해주지 않으면 교정비를 깎아버리겠어요'라고 말하는 출판사는 한 곳도 없다. 하지만 물러설 수 없이 정말 급하게 일정을 맞춰야 한다면 밤을 새서라도 일을 하면 된다. 그런데 나는 일을 해야 하는 그 시간에 걱정을 빌리느라, 빌려온 걱정을 쳐다보며 안절부절못하느라 일을 손에 잡지 못하고 가만히 앉아만 있다. 스트레스가 쌓이니까 더더욱 아무것도 하기 싫어지고, 하기 싫은데 해야 하니까 더더욱 스트레스가 쌓인다. 이런 악순환에 갇혀 일할 수 있는 시간을, 한 걸음 앞으로 나아갈 수 있는 시간을 그냥 흘려보낸다.

나에게 코르티솔과 세로토닌을 알려준 그 뇌 과학 원고는 이렇게 말한다. "이제 갈림길을 만났다. 어느 쪽 길로 가야 할지 끝없이 생각만 할 수도 있고 한 길을 선택해 쭉 따라갈 수도 있다. 언젠가는 선택한 그 길이 잘못된 길임을 깨달을 수도 있다. 그렇다면 돌아서서 다시 갈림길로 돌아오면 된다. 출발했던 곳으로 돌아왔다는 사실 때문에 그때까지 기울인 노력이 모두 허사가 되었다고 생각할 수 있다. 하지만 그렇지 않다. 하나의 길을 정해 가다가 경로를 바꿔야 한다는 사실을 깨닫는 것은 가만히 앉아 아무것도 하지 않는 것과 다르다."

나는 자주 생각의 덫에 걸린다. 내 안전을, 안녕을 지키기 위해 설치해놓은 덫에 내가 걸려 자꾸 멈춰 선다. 갈림길에 주저앉아 끝없이 생각만 한다. 한곳을 정하고 쭈뼛쭈뼛 걸음을 옮기는 중에도 쉼 없이 의심한다. 이 길이 맞는 걸까? 내가 제대로 가고 있는 걸까? 그래서 또 자꾸 멈춰 서고 뒤를 돌아본다. 한 걸음 앞으로 나아갈 수 있는 시간을 그냥 흘려보낸다.

의연하게 자기 길을 뚜벅뚜벅 걸어가고 있는 선배, 그래서 내가 속으로 몰래 부러워하는 선배를 만나 두려움 많고 걱정 많은 내 속내를 털어놓았다. "나도 그래." 선배가 말했다. "선배는 안 그래 보이는데요?" "티를 안 낼 뿐이지. 티를 낸다고 해결되지 않으니까. 근데 나도 그래." 두려움을, 불안함을, 걱정을, 흔들림을 티 내지 않을 수 있는 그 의연함 역시 부러웠지만 어쨌든 그런 선배도 나와 비슷하다는 데 조금은 안도했다. 그래, 사람들은 모두 주저하면서, 의심하면서 그렇게 살아가고 있구나. 나만 이상한 게 아니었구나. 한 줄기 칼바람, 흙바람, 모래바람에 쉬 떨어질 것 같은 연약한 모든 생명은 모진 계절을, 세상을, 삶을 견디며 버티며 그렇게 살아가고 있구나. 그럼에도 한 발 한 발 나아갔던 것이구나.

생각 많고, 그 생각의 절반 이상이 걱정으로 가득 차 있는 나는 이런 뇌를 가지고 그저 눈앞에 닥친 일을, 내가 할 수 있는 일을 하나하나 해나갈 뿐이다. 머릿속 걱정이 나를 주저앉히려 하겠지만 발은 멈추지 않은 상태로. 그렇게 조금 더 몸을 움직이다 보면, 그렇게 하나하나 일을 해결해나가다 보면 걱정은 줄고 발걸음엔 일정한 리듬이 생겨나지 않을까? 그러다 보면 언젠가는 내가 수영을 하는 날도 오지 않을까? 한…, 50세쯤에는?

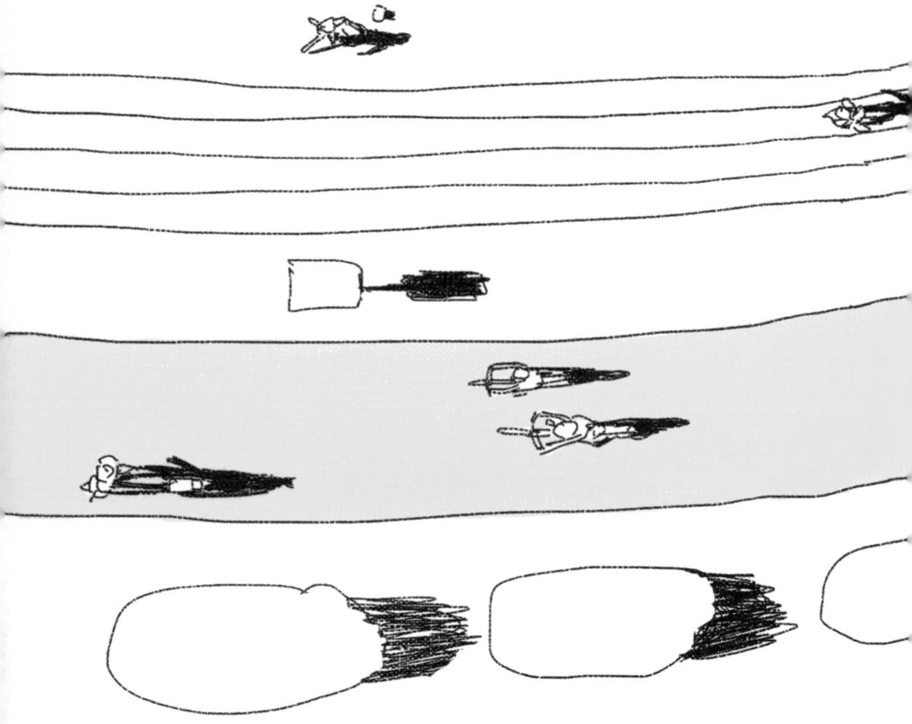

그래, 사람들은 모두 주저하면서, 의심하면서

그렇게 살아가고 있구나.

나만 이상한 게 아니었구나.

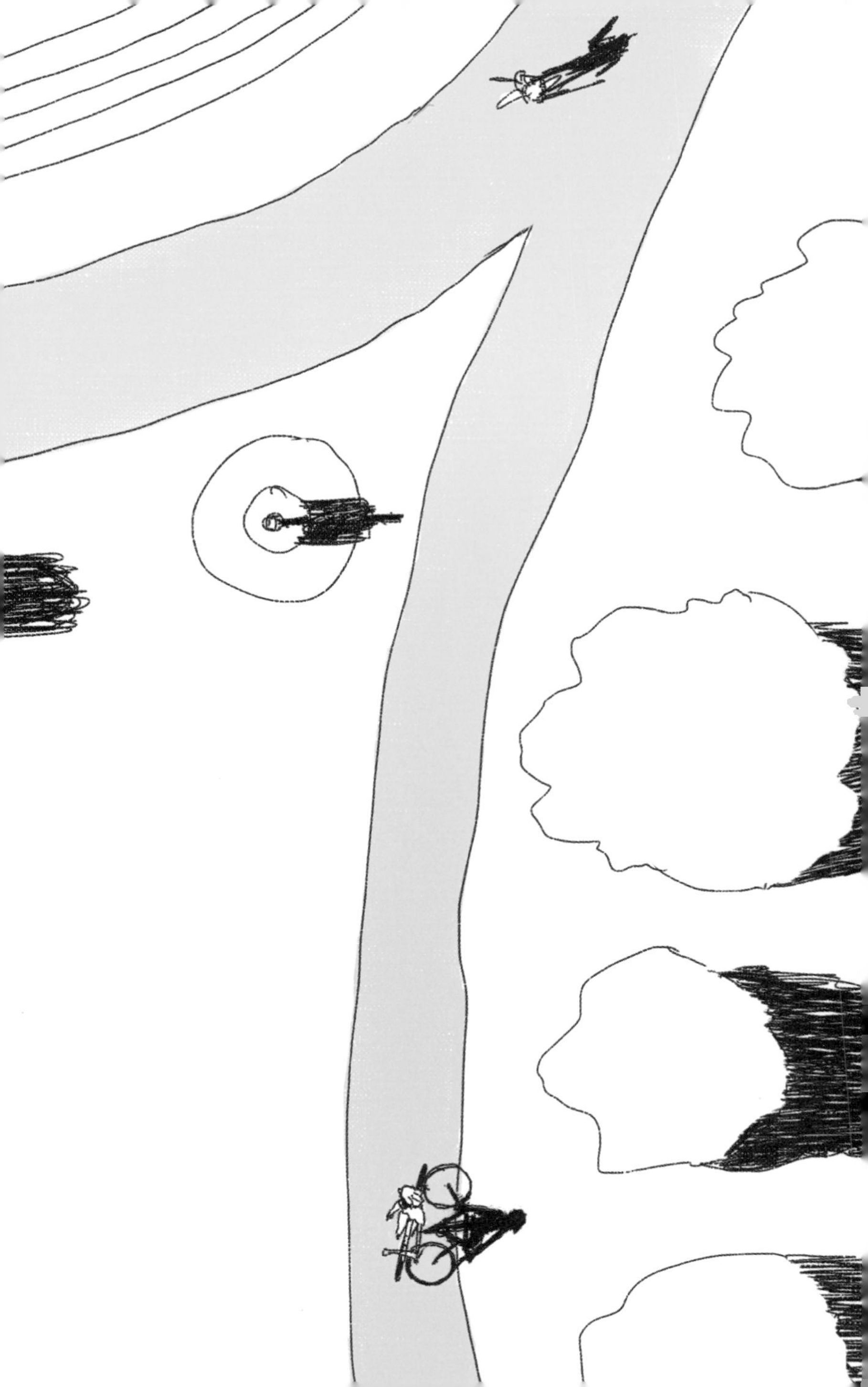

문안 인사

조용한 시간에 집중해서 글을 쓰겠다고, 새벽 4시에 일어나는 생활을 하던 무렵이었다. 글과 사투하는 시간보다 졸음과 사투하는 시간이 더 길던 무렵이었다. 내가 잘하고 있는 걸까 알 수 없어 늘 두려웠던, 내가 나를 믿지 못해 늘 불안했던 그 무렵이었다.

그날도 책상에 앉아 수많은 무언가와 싸움을 벌이고 있었다. 달칵, 거실 불 켜는 소리가 들려왔다. 반사적으로 시계를 보았다. 5시가 막 넘어가고 있었다. 아빠가 일어나셨나, 대수롭지 않게 생각하고 계속해서 모니터를 노려봤다. 그런데 아무 소리도 들려오지 않았다. 왔다 갔다 하는 소리도, 소파에 앉는 소리도, 텔레비전 소리도 들려오지 않았다. 기척이 느껴지지 않았다. 이상하네. 방문을 열고 거실로 나갔다.

아빠가 거실 한가운데 우두커니 앉아 있었다. 거실 바닥에서 때를 발견했는지 손가락으로 바닥을 문지르면서.

"아빠."

아빠가 고개를 들고 나를 쳐다봤다.

"가슴 아파요?"

심근경색으로 네 번째 스텐트 시술을 받은 지 몇 달 지나지 않은 무렵이기도 했다. 아빠가 고개를 저었다.

"근데 왜 그래요? 나쁜 꿈 꿨어요?"

"아니."

아빠의 눈에, 아빠의 몸짓에, 아빠의 목소리에 이 말을 할까 말까 망설이는 기색이 가득 묻어 있었다.

"우리 커피나 한 잔 마실까?"

나는 일어나서 달달한 믹스커피를 두 잔 타왔다. 김이 모락모락 피어오르는 커피를 앞에 두고 아빠가 입을 열었다.

"나 오빠 꿈 꿨다."

"그래요? 어떻게 나왔는데?"

"너는 오빠 꿈 자주 꾸냐?"

아빠는 내 물음에 바로 대답하지 않고 말을 돌렸다.

"뭐, 가끔?"

"나는 그동안 자주 꿨다. 근데 엄마는 오빠 말만 꺼내면 우니까 엄마한테는 말을 못 했어."

아빠는 잔을 들어 커피를 한 모금 마셨다.

"그래서 오늘은 오빠가 어떻게 나왔는데요?"

아빠가 잠시 뜸을 들이다 말했다.

"전에는 오빠 꿈을 꾸면 오빠 얼굴이 항상 어둡고, 나한테 화를 냈는데 오늘은 자기가 뭘 했다고 막 자랑하면서 까불고 그러더라."

"뭘 자랑했는데요?"

"몰라. 그건 기억이 안 나. 하여튼 자기가 뭘 만들었다고 웃으면서 자랑을 하더라고."

아빠는 계속 거실 바닥에 시선을 두고 있었다. 바닥이 꿈을 비춰 보이는 스크린이라도 되는 양. 거기에 오빠의 얼굴이 떠오르기라도 하는 양. 아빠의 입술 끝에 살며시 미소가 걸렸다. 나는 아빠의 등을 쓰다듬으며 말했다.

"잘했네. 좋은 꿈 꿨네. 오빠가 웃었다니까 좋네."

나는 부러 손에 힘을 주고 아빠의 등을 탕탕탕 두드렸다. 아빠는 보일 듯 말 듯 고개를 끄덕이며 조용히 웃었다. 우리는 그렇게 한동안 나란히 거실에 앉아 있었다. 안방에서 엄마가 코를 고는 소리가 고르릉고르릉 작게 들려왔다.

글을 쓰는 이유는 사람마다 다를 것이다. 글을 쓰는 사람의 수만큼 다양한 이유가 있으리라. 나는 '그런 이유로 글을 씁니다'가 아니라 '무턱대고 글을 쓰다 보니 이유가 생겼습니다'는 쪽이다. 체계적으로 이러이러하니까 이렇게 해야지 계획을 세우는 스타일이 아닌, '이렇게 이렇게 해보면 될 것 같아' 홀로 막 이쪽 땅굴을 파다가 아닌 것 같으면 돌아 나오는, 새 땅굴을 파다가 '전에 팠던 땅굴이 맞았나?' 우왕좌왕하는, 이쪽저쪽 파보다 우연히 이유를 캐내고는 처음부터 그걸 노렸던 양 행동하는 스타일이다.

그렇게 찾아낸 '내가 글을 쓰는 이유'는 살기 위해서, 조금 더 평화롭게 살기 위해서다. 물론 이유는 변할 수 있다. 있다가 없어지기도 하고, 없었던 이유가 생겨나기도 한다. 몇십 년 후에도 같은 이유로 글을 쓰고 있을지 자신할 수 없다. 하지만 적어도 지난 몇 년간은 그 이유로 글을 썼다.

정말 오랜만에 대학교 친구를 만난 적이 있다. 근처에서 열린 영화제에 참석하러 온 그 친구와 점심을 먹고 이야기를 나눴다. 그 친구는 한 감독님의 이야기를 꺼냈다. 죽은 아내에 관한 영화를 만든 감독님은 아내의 죽음을 파는 것 같은 느낌에 영화를 만드는 내내 만들고 난 후에도 괴로워하셨다고 한다.

그 이야기는 내 몸 어딘가에 박혀 있다가 때때로 불쑥불쑥 얼굴을 내밀었다. 나도 오빠의 죽음을 팔고 있는 걸까? 아니라고 단호히 부정할 수 없어서 괴로웠다. 오빠 이야기를 하며 내가 얻고 있는 것들, 얻을 것들이 떠올라 죄책감이 깊어졌다.

그러다 아빠의 꿈 이야기를 들었다. 화만 내던 오빠가 처음으로 웃고 있었다고 했다. 그럼 됐다 싶었다. 오빠의 죽음을 파는 게 여전히 미안하긴 하지만 그래서 아빠가 오빠와 화해할 수 있다면, 아빠가 자신을 용서할 수 있다면, 아빠 마음의 평화를 살 수 있다면 그건 그걸로 괜찮은 것 아닌가, 오빠도 웃어주지 않을까 잘했다고 칭찬해주지 않을까 싶었다.

SNS에 올라오는 내 글을 보고 아빠는 한마디도 하지 않으신다. 엄마는 “잘 봤어”, “보고 울었어” 한마디씩 소감을 남겼지만 아빠는 가끔씩 좋아요만 누를 뿐 그마저도 흔적이 안 보이면 글을 읽었는지 안 읽었는지 알 길이 없다.

내 글이 아빠의 마음에 어떤 영향을 미쳤는지 확실히 알 수는 없다. 하지만 내 글이 나에게 어떤 영향을 미쳤는지는 비교적 확실히 알 수 있다. 이제 나는 누구도 원망하지 않는다. 아빠도, 엄마도, 오빠도, 나도. 울면서 쓴 글들이었다. 가슴속에 담아두기만 했던 이야기를, 두려워서 쳐다보려 하지 않았던 이야기를, 그런 게 내 속에 있는지도 몰랐던 이야기를 꺼내놓은 글들이었다. 그런 시간들이 모래알처럼 조금씩 조금씩 쌓여서 미움, 원망, 분노, 연민 같은 마음을 정화해주었다. 흙탕물 같던 마음을 글 위에 들이부었더니 하나둘 쌓인 글자 사이사이를 지나 깨끗해진 마음이 흘러내렸다. 글쓰기가 가진 치유의 힘이, 치유의 손길이 나에게도 미친 것이다.

부디 나에게 닿은 이 손길이 아빠에게도 이르렀기를. 아빠 마음속에 부유하던 검은 알갱이들이 우리가 공유하는 이야기를 통해 걸러졌기를. 마음속에 사랑과 평화만이 남기를. 고르릉고르릉 잠든 엄마에게도 그러하기를. 두 분의 꿈이, 잠이 편안하기를. 우선은 여기까지만. 바라본다.